CB142166

Histórias caipiras

Cornélio Pires

Afonso Arinos

Hugo de Carvalho Ramos

Valdomiro Silveira

Mário de Andrade

João Alphonsus

Bernardo Élis

Coleção O Prazer da Prosa

Seleção e comentários
Ivan Marques

Ilustrações
Carlos Fonseca

editora scipione

Coordenação editorial
Adilson Miguel

Editora assistente
Gislene de Oliveira

Revisão
Bruna Beber

Editora de arte
Marisa Iniesta Martin

Diagramação
Rafael Vianna

Projeto gráfico de capa e miolo
Homem de Melo & Troia Design

Iconografia
Sílvio Kligin

editora scipione

Av. Otaviano Alves de Lima, 4400
6.º andar e andar intermediário Ala B
Freguesia do Ó
CEP 02909-900 — São Paulo — SP
Caixa postal 007
ATENDIMENTO AO CLIENTE
Tel.: 4003-3061
www.scipione.com.br
e-mail: scipione@scipione.com.br

2012

ISBN 978-85-262-8369-5 — AL
ISBN 978-85-262-8933-8 — PR

Cód. do livro CL: 737923

1.ª EDIÇÃO
3.ª impressão

Impressão e acabamento
Log&Print Gráfica, Dados Variáveis e Logística S.A.

Ao comprar um livro, você remunera e reconhece o trabalho do autor e de muitos outros profissionais envolvidos na produção e comercialização das obras: editores, revisores, diagramadores, ilustradores, gráficos, divulgadores, distribuidores, livreiros, entre outros. Ajude-nos a combater a cópia ilegal! Ela gera desemprego, prejudica a difusão da cultura e encarece os livros que você compra.

Cópia não autorizada é crime
ABDR
Editora afiliada

Dados Internacionais de Catalogação na Publicação (CIP)
(Câmara Brasileira do Livro, SP, Brasil)

Histórias caipiras / seleção e comentários de Ivan Marques; ilustrações de Carlos Fonseca. — São Paulo: Scipione, 2012. (Coleção O prazer da prosa)

Vários autores.
Bibliografia.

1. Contos brasileiros I. Marques, Ivan. II. Fonseca, Carlos. III. Série.

12-02094 CDD-869.93

Índice para catálogo sistemático:
1. Literatura brasileira 869.93

Conto "Caso pançudo": © Detentores de Direitos de Mário de Andrade. Cedido por Editora Nova Fronteira Publicações S.A.

MISTO
Papel | Apoiando o manejo florestal responsável
FSC® C057341
FSC www.fsc.org

este livro foi composto em trixie e PMN caecilia
e impresso em papel offset 90 g/m².

sobre esta edição

Na edição dos textos que compõem esta antologia, tivemos a preocupação de manter a maior fidelidade possível à intenção dos autores. Para isso, procuramos nos basear em fontes confiáveis (ver p. 110), limitando-nos a atualizar a ortografia e corrigir os erros evidentes. O leitor poderá encontrar alguns casos de pontuação, sintaxe e ortografia que diferem dos padrões atuais da língua.

Sumário

Introdução

Nos tempos atuais, de globalização e desenvolvimento econômico, o tipo caipira parece ter desaparecido. Mas todos ainda se lembram de sua imagem — "sentado à porta do lar, fumando seu cigarro de fumo mineiro", conforme a descrição feita no século XIX pelo escritor português Augusto Emílio Zaluar. É assim que o vemos também na célebre pintura de Almeida Júnior, "Caipira picando fumo", de 1893, ou no cinema tão popular de Mazzaropi.

Na época do Romantismo, em substituição ao índio, que se revelara muito distante de nossa realidade, o homem rural chegou a ser escolhido pelos escritores como símbolo do Brasil verdadeiro. Havia, porém, excesso de exotismo. Para Monteiro Lobato, o sertanismo de Bernardo Guimarães, por exemplo, era falsificador, pois transformava "nossas desajeitadíssimas caipiras" em "lindas morenas cor de jambo".

Na passagem do século XIX para o século XX, a idealização deu lugar ao projeto realista-naturalista de representar o caipira sem mitos, objetivamente. No lugar das paisagens pitorescas, vinha ao primeiro plano a miséria das criaturas. Esforço louvável, sem dúvida, mas não inteiramente livre de preconceitos. Ao criar em 1914 o Jeca Tatu, o personagem mais famoso da literatura regionalista, Lobato rotulou o caboclo como estúpido, grosseiro, preguiçoso. É que, no Brasil republicano e cada dia mais urbanizado, o caipira se tornara, de repente, um símbolo do atraso, um estorvo para o desenvolvimento do país.

No mundo rural, as mudanças ocorrem devagar. Segundo o crítico Antonio Candido, grande estudioso do tema, a cultura caipira se formou com base na mistura da herança indígena com a língua, os costumes e as crenças do colonizador português. Termos como "vassuncê", "despois" ou "pregunta" não se devem à ignorância, mas à conservação de modos de falar do português antigo. Em sua vida simples, os matutos cultivavam apenas o mínimo necessário à sobrevivência, traço essencial que, somado ao isolamento, resultou na construção de sistemas fechados. Trata-se de um mundo ingênuo, sentimental, cheio de crendices e superstições, mas também marcado pela violência e pela lei do mais forte.

Originária do interior paulista, a cultura caipira irradiou-se para toda a Região Sudoeste. As histórias reunidas neste livro provêm de três estados: São Paulo, Minas Gerais e Goiás. Abrimos o volume com Cornélio Pires, grande divulgador do universo caboclo, em cuja obra, escrita em pleno século XX, se ouvem ainda os ecos da tradição romântica. Depois temos três escritores do período pré-modernista — Afonso Arinos, Hugo de Carvalho Ramos e Valdomiro Silveira —, com suas tentativas de fixar com fidelidade a vida e a fala do homem rústico. Na sequência, Mário de Andrade e João Alphonsus, dois autores do Modernismo investindo com entusiasmo na pesquisa da realidade nacional. E, por fim, a visão moderna de Bernardo Élis, que escreveu seus primeiros contos na década de 1940, quando já se mostrava bastante acelerado o processo de destruição da cultura caipira.

Essas sete histórias do Brasil interiorano, produzidas num período de meio século, mostram como o caipira — figura tão estereotipada, mas de importância central na formação do povo brasileiro — foi capaz de inspirar representações ricas e diversas, em páginas memoráveis de nossa literatura.

Ivan Marques

Arquivo da editora

Cornélio Pires nasceu em Tietê, São Paulo, em 1884. Foi escritor, jornalista, poeta, folclorista, compositor e contador de causos. Durante toda a vida, dedicou-se à compilação e divulgação da cultura sertaneja, por meio de livros, discos, filmes, artigos de jornais e composições musicais. Morreu em São Paulo, em 1958.

Principais obras: *Musa caipira* (1910); *Tragédia cabocla* (1914); *Quem conta um conto...* (1916); *Cenas e paisagens da minha terra* (1921); *Conversas ao pé do fogo* (1921); *As estrambóticas aventuras do Joaquim Bentinho (O Queima Campo)* (1924); *Sambas e cateretês* (1932).

Escola escamungada...

Cornélio Pires

Ouvi hoje, ao pé-do-fogo, enquanto esperávamos a ceia, a triste história de um amor de caipira, narrada com todos os pormenores pelo nhô Thomé.

Vizinhos "de grito" as famílias Corrêa e Cardoso viviam na feliz harmonia de roceiros pacatos, praticando, sem o saber, o mais puro socialismo nas suas mútuas "de-mãos" em alegres muchirõezinhos, repartindo irmamente o pano de toicinho em contínuo presentear-se.

As divisas pode-se dizer que não os separavam e nem sequer pensavam em aviventar rumos.

As mulheres se encontravam no córrego em que lavavam roupa, além de se visitarem ao menos uma vez por dia. Os homens se encontravam na roça, quase no mesmo eito. As crianças não se largavam, brincando com carrinhos de cuia, encangando bois de sabugo de milho, ou se embrenhavam na capoeira, de bodoque em punho, armando urupucas e juquiás.

Corriam os tempos. As crianças cresciam inteligentes e sadias no descuido do analfabetismo.

Maria, a linda filhinha do João Corrêa, moreninha jambeada, olhos amendoados, negros e límpidos, longos cabelos, nariz perfeito, alvos dentes expostos em risos francos, já andava abeirando seus quatorze anos.

Como era linda, ao rir, elevando o queixo, sacudindo a papadinha esticada sobre o colozinho que começava a se altear. Era uma "galanteza", como diziam os vizinhos, e ladina como ela só: aprendia tudo que queria "num átimo".

Guapo e sadio crescia desempenado o filho do Cardoso, o Durvalino, rapagão de boa estatura, desenleado no serviço e "quatro-paus" nas festas e fandangos, em sambas e desafios. Não perdia "sucia" com seu lenço cor-de-rosa barrado de ramos roxos, ao pescoço, com seu ar de atleta aos dezoito anos.

Crescendo quase juntos, dividindo os frutos campestres colhidos em alvoroçadas correrias; repartindo bolinhos e confeitos, mal se apercebiam do amor que os unia quase como irmãos.

Certo dia, ao pôr do sol, no pesqueiro do ribeirão, enquanto não "chegava bem" a hora das "tarairas", palestravam o Cardoso e o Corrêa.

— Puis é verdade... Cumo o tempo corre! — comentou o Cardoso. Parece que foi onte que casei e já tô co a fiarada grande...

— Tal-e-quá! Nóis casemo quage na merma casião: só a deferença é que ocê casô no intruido e eu pôco ante do dia do Sinhor Minino — retrucou o Corrêa, tirando respeitoso o chapéu.

— A sua Marica tá garrano corpo ligêro... e vancê sobe inducá bem ela...

— Ah!... Nha Tuda não pateteia.

O Cardoso ajeitou o "assento" nos calcanhares, ficou meio pensativo, meio em dúvida, e perguntou:

— E o que acha do meu Dorvalino?

— Rapais ás dereita... Trabaiadô, forgazão e amóque num é munto apreciadô da teimosa...

— Nem o chero!

— Gósto dos módo dele.

— Sabe no que tive reinano onte, cumpadre? — replicou o Cardoso num sorriso amarelo.

— Nhor não.

— Vacê num acha que o Dorvalino tá taiado p'ra casá c'oa sua Marica?

— Pui num tá fora de perpósito... Inté acho que tá bem impareiado... Despois é bão porque eles ficam tudo perto de nóis.

— E'face: nóis damo aquele espigão de terra apurada que vae do meu jiquitivá na canelêra do seu pasto... Eles hão de se arrumá, cumo nóis fizemo.

— O diacho é que o coroné, padrinho dela, tá quereno que ela vá c'a fia dele pro colejo, in S. Pólo: serve de cumpanhêra e póde prendê a lê. Antonte foi que ele me falô na vila e inté tô rodeano a véia p'ra vê se ela aceita, se ela tópa...

— Aããän... Nhor-sim! Sabê lê é muito bão, quando os fio num fica soberbo... É u'a pena que o meu já teja passado e eu não podê botá ele no estudo.

E a palestra tomou um novo rumo, ficando meio apalavrado o casamento, pois, como dizia o Corrêa: "a Marica tava incorpano por sê de raça de gente graúdo, mais inda era munto criança; podia esperar os dezóito e inté lá prendia lê p'ra insiná os mais miúdo da casa".

Depois de alguma relutância a mulher do Corrêa cedeu. Sim, a filha podia ir para o estudo, porém só dali a uma semana, apesar do padrinho se incumbir do enxoval.

Aquele recanto feliz do bairro tomou outros ares.

Os Cardoso sentiam uma espécie de inveja e de tristeza. Os Corrêa viviam aturdidos, duvidosos, tristes. Marica, após crises intensas de assanhamento e curiosidade, já "fazendo pouco" dos irmãozinhos, chorava indecisa, se ia ou não.

Quanta mudança de um dia para outro!

Durvalino, aborrecido, pendurou sua enxada na "linha" da casa e só andava a lidar em coisas caseiras, procurando distrair-se. "Engulindo em seco", esticava o queixo para a frente, contraindo os cantos da boca, com uma grande vontade de chorar, ao lançar olhares tristes para a casa da Marica, lá d'outra banda do riacho, tristemente batida de sol, como que a inflamar-se sob o tremente mormaço.

Funda impressão de tristeza e amargura parecia envolver a natureza.

Tristes eram o cantar do sabiá, o chorado piar dos anus brancos e o sentido cantar do tico-tico: horrível era o canto do agourento sem-fim... Até o canto longo dos "pupuiras" e o ladrar dos cães o angustiavam.

Ela devia partir nessa tarde. Os dias anteriores os namorados os passaram encontrando-se cinco e seis vezes por dia; ora indo ela dar uma prosa, ora indo ele vê-la em preparativos para a partida.

A "velha" fazia os doces para a "matula": doce de cidra, pé de moleque e sequilhos.

Marica, de momento a momento, ia mirar-se em um caco de espelho pendente da parede, na sua amolgada e crespa moldura de metal amarelo.

Ao retirar-se, Durvalino, cortado de paixão, sufocado pelos soluços presos, Marica foi acompanhá-lo até à porteira.

— Então ocê vai mermo?

— Vô, Valino... Mais Nossa Sinhora Parecida e Sinhor Bão Jezuis do Pirapora hai de fazê eu vortá logo...

— Marica... Ocê num esquece de mim?

— Cumo é que hei de esquecê d'ocê... Fique sossegado: eu vô e hei de rezá tudo o dia por ocê... Eu gosto tanto d'ocê! Pai inté já sabe que nóis hai-de casá argum dia...

— Intão num vá!... Eu espero ocê crescê mais... O'i: inté as madêra prá casa já andei escoiêno e marcano no mato... Num vá, Marica... Num vá!...

Eram de cortar o coração aquela angústia de alma simples e aquele quadro rústico e sentimental.

— Agora num tem jeito... Já tá tudo pronto e aminhã temo longe... Tenha pacência Valino...

O caipira saiu agoniado, sem poder se despedir, sentindo a vista turva, a andar, cambaleando.

Os primeiros dias de separação foram dolorosos no sítio dos bons roceiros, reunidos sempre para as recordações.

Aquilo, para Durvalino, não era vida! Por toda a parte topava vestígios da felicidade passada. Aqui, o "conchimpim" em que tanto brincavam em pequenos, ela montada numa ponta, com uma grande pedra no colo para equilibrar-se ao peso dele, noutra ponta; ali a "gangorra" em que rodopiavam; além, a figueira grande que cobria com sua sombra a "casinha" onde brincavam de marido e mulher, fazendo "comidinha".

Vagava triste o caipirote, perdendo, dia a dia, o amor ao trabalho. Em casa, sorumbático e quietarrão, sentava-se à beira do catre, abria o baú, tirava um lencinho que lhe dera a "inamorada" e ficava horas esquecido. Outras vezes pegava da viola, no silêncio do quarto, achegava-a ao coração encostando-lhe o ouvido, olhos fixos no chão, ponteando e cantarolando baixinho, amargurado, versos cheios de dor.

Aquela garça mimosa,
rainha do reberão,
lá se foi p'ro mundo a fóra,
levano o meu coração.

Suspiro, gemo e saluço;
a sódade me atropela...
Ai! agora só me resta
namorar a casa dela.

A saudade! Ai! a saudade! E o caboclinho traduzia-lhe o efeito:

Eu digo no meu sintido:
— coração se desatae!
O meu pobre coração
e-vê que se aperta mai...

....

— Dorvalino! Que é isso, meu fio! O mundo num cabô! Pra que essa tristeza atôa, home!... Num se intregue pra agunia... é ruim! Seja home! Ela hai de vortá e o que tem de sê seu ninguém toma! — intervinha a mãe, contrariada, com um "nó na garganta" por ver o filho sofrendo tanto.

— Vortará, mãe?...

— Vórta, meu fio... Ocê garra desse jeito, isso vira im currução... Isso inté é atentá Deus... O'i... O meió é ocê garra duro no serviço, juntá dinhêro e despois vai in S. Pólo bigitá a Marica...

— Isso! mãe... Isso sim! Puis o que é que tem? Eu vô in S. Pólo... sô caipira, mais vô!

Daquele dia em diante Durvalino arcou firme no cabo da enxada, trabalhando como um mouro. Juntava dinheiro com afã. Ia ver a morena...

Quantos meses sem vê-la! Quase dois anos... Raras notícias... O padrinho dela se mudara para outro município e lá passava as férias. Parecia esquecida de todos.

Durvalino, à custa de economias, comprou um "parelho" de diagonal preto, um baú novo, chapéu, "gruvata" e um par de botinas de elástico.

Ia ver a sua morena! Imaginava-a triste, roída de saudades do seu Valino... Que agradável surpresa ia proporcionar à sua querida Marica! Como ela havia de chorar ao vê-lo!...

Ela sempre gostou de jaboticabas, nativas naquelas terras. Durvalino era quem subia, como um serelepe, para a colheita, às mais altas e perigosas fruteiras. Agora coincidia que a fruteira predileta de Marica estava pintada de "temporonas"... O caipira, expondo a vida, aproveitando aqui uma forquilha, ali uma saliência do tronco, logo acima um cipó, marinhou até os últimos galhos, a trinta metros de altura, ou mais. De "chuan" a tiracolo, escolhia as frutas mais belas, mais sazonadas, disputando-as aos pássaros e às vespas irritadas, nos mais frágeis galhos, a uma altura de causar vertigens. Colheu alguns ramos da fruteira; desceu.

Com capricho de namorado escolheu as mais delicadas e limpas taquaras e ali mesmo, sonhando com a alegria da noiva, teceu um bonito cesto, empregando uma certa arte no teçume. Forrou-o com folhas da fruteira, encheu o chuan, e partiu cantarolando, com tempo ainda de embarcar.

Assustadiço e desconfiado desembarcava à tarde em S. Paulo o apaixonado caboclo, todo ancho no seu terno novo, botina da ringideira, baú debaixo de um braço e a cesta de frutas pendente da mão direita.

....

— Uê! Friguê! Venha do hotelo do Paêse!

— Escuite! Ocê num sabe me dizê adonde é o Colégio dos Anjo, onde a Marica do João Corrêa tá morano?

— Venha que lê insinho no hotelo...

E lá se foi Durvalino: deixou-se arrastar até um hotel vagabundo. Guardou no quarto o baú e após mil explicações conseguiu, levado pelo carregador até uma redação de jornal, saber onde era o colégio.

Satisfeito e triunfante, seguia carregando a cesta... Não queria entregá-la ao carregador... era sagrada: tinha ciúmes!

— Como Marica vai ficar contente ao me ver! — pensava, feliz, o namorado.

Chegaram, enfim!

Subiu a escadaria. Recebeu-o a porteira no saguão.

Vibrante de alegria, perguntou Durvalino:

— É aqui mermo que tá a Marica do João Corrêa?

— Não sei quem seja!

— É u'a moreninha... que veio co a fia do coroné Gabrié... do Canindé... vae p'r uns dois ano e tanto...

— Sim... sim... sei... está... É sua irmã?

— Quage... Nóis se criemo junto... Eu quero falá co ela... Diga que é o Dorvalino.

Retirou-se a porteira. Durvalino, em êxtase de gozo, ruborizado, esperava a sua amada, a sua queridinha Marica. Que alegria sentiria ela!

Abriu-se a porta e uma garrida moça, desenleada e elegante, apareceu-lhe.

— Oh!... Que surpresa! Como vae o *senhor, seo* Durvalino? Como vão por lá?

— Cumo tá mudada!... Foi só o que pôde dizer o caipira boquiaberto, arregalando os olhos, pasmado...

— Veio então dar um passeio?

— É... Marica... Dona... Eu vim iê trazê estas fruita...

E, trêmulo, humilhado, entregou a cesta dizendo:

— Estas üa são daquela fruitera arta perto do saguaraji, do seu gosto... Se alembra, dona Marica?

— Sim... Sempre me lembro do sítio... Quando volta?

— Aminhã... Agora...

— Desculpe-me... estou em hora de aula, sim?

— Mais...

— Olha... se não nos vermos mais, não se esqueça: — dê muitas saudades a mamãe e muito obrigada pelas frutas.

Durvalino saiu atordoado, louco de vergonha e de raiva.

E enquanto no refeitório Maria gargalhava entre as colegas, saltitante, bradando: — "Recebi um presente de um caipira!", Durvalino seguia desorientado, repetindo baixinho:

— Lá se foi a Marica... Escola escamungada...

Cultura caipira

Cornélio Pires já foi chamado de "pai da cultura caipira". Natural do interior de São Paulo, não apenas observou de perto, mas encarnou ele próprio os traços e valores da civilização cabocla, especialmente o talento de narrador de *causos*. Era não só escritor, como também ator e, sobretudo, um animador. Fez diversas turnês pelo país, apresentando anedotas e músicas caipiras.

Essa figura inquieta e empreendedora acabou se tornando o principal divulgador da cultura regional paulista. Publicou 25 livros, que já há muito tempo deixaram as livrarias. É verdade que o sumiço também tem a ver com os dotes limitados de Cornélio como escritor. Segundo o crítico Antonio Candido, a maior obra que ele realizou foi a ação nos palcos, pois a sua literatura era falada, "literatura de ação" que perdia bastante ao ser transposta para o papel.

O pesquisador Macedo Dantas considera que havia dois Cornélios: o dialetal e folclórico, apaixonado pelas coisas sertanejas, e um outro metido a literato, embora não conhecesse a língua culta e a literatura universal. Para o crítico Tristão de Athayde, Cornélio poderia ter se tornado, a exemplo de Catulo da Paixão Cearense, "o nosso poeta caipira" — mas desde que se livrasse da "falsa literatice", acentuando o sentimento interior de sua poesia. Entre os modernistas, com os quais conviveu em São Paulo na década de 1920, o escritor era alvo de admiração e ao mesmo tempo de chacotas, visto como um sujeito "engraçado e analfabeto".

Embora fosse de origem humilde, Cornélio Pires poderia ter tido acesso à educação formal, mas optou por outro caminho. Ainda adolescente, trocou o interior pela capital, ganhando a vida como biscateiro, aprendiz de tipógrafo, e mais tarde como jornalista, escritor e folclorista. Estimulado pelo filólogo e folclorista Amadeu Amaral, Cornélio escreveu em apenas dez dias seu primeiro livro, a coletânea *Musa caipira*, publicada em 1910. A pressa lhe rendeu uma advertência, pois, segundo Amadeu Amaral (que lançaria em 1920 *O dialeto caipira*), um livro deveria ser polido ao longo de meses ou anos, ao passo que o de Cornélio revelava um "desleixado". Mas também tinha qualidades e foi reconhecido por seu conteúdo brasileiro. Se Juó Bananére difundia nos jornais a expressão linguística e cultural dos ítalo-paulistas, Cornélio Pires explorava outra corrente do falar regional, a língua caipira. Ambos adquiriram grande popularidade.

No livro *Conversas ao pé do fogo*, de 1921, o autor postula logo na abertura a importância de seu personagem, que ele considera a base e a riqueza da pátria. Faz questão de rejeitar a velha opinião, reiterada naquela época pelo criador do Jeca Tatu, Monteiro Lobato, segundo a qual o homem da roça seria vadio. No dizer de Cornélio, "ânimo não lhe falta, quando trabalha em suas próprias terras". Ao modo de Euclides da Cunha, afirma que "o caipira é um obscuro e é um forte".

Ao pé do fogo — este é o lugar tradicionalmente reservado no mundo rural para a narração de "causos" a respeito de ciúmes, saudades, traições, assombrações, feitiçarias. Histórias quase sempre de tristezas e queixumes, pois é triste o tema que subjaz a todas elas: o desaparecimento da roça em face do progresso e do crescimento das cidades.

Segundo Cornélio Pires, os caipiras são dóceis, afetivos e sinceros. Agiriam mais pelo coração do que pela cabeça, e isso pelo fato de terem sido criados em plena natureza, "tolhidos pelo analfabetismo". É o que se vê no conto "Escola escamungada...", narrado por nhô Tomé a um interlocutor não identificado. O tema dessa "triste história" é justamente o problema da falta de instrução. Com seu trocadilho cômico, o título já revela a visão ambígua que dele tem o narrador. De um lado, há a descrição romântica e infantilizada (cheia de adjetivos e diminutivos) da vida levada na roça por crianças como Maria e Durvalino, que "cresciam inteligentes e sadias no descuido do analfabetismo". De outro, há o lamento pela separação que a escola (e, por extensão, a cidade) impôs aos dois amantes. O fato de que "os tempos correm" é enfatizado mais de uma vez pelo narrador. E os tempos trazem mudanças, instauram o desgosto no lugar da felicidade rural. Durvalino representa, pois, um drama coletivo (não por acaso, o narrador também o chama simplesmente de "o caipira"). Seu desabafo final — "escola escamungada..." — parece ecoar a resistência de Cornélio Pires contra a academia e a alta cultura, estratos urbanos e civilizados aos quais não pertenceu.

Acervo ABL

Afonso Arinos de Melo Franco nasceu em 1868, na cidade mineira de Paracatu. Na infância, teve contato íntimo com os sertões de Minas e de Goiás. Estudou Humanidades no Rio de Janeiro e Direito em São Paulo. Antirrepublicano, em 1889 passou a residir em Ouro Preto, onde abrigou escritores perseguidos durante a Revolta da Armada. Foi membro da Academia Brasileira de Letras e do Instituto Histórico e Geográfico Brasileiro. Viveu seus últimos anos em Paris e morreu em Barcelona, em 1916.

Principais obras: *Pelo sertão* (1898); *Os jagunços* (1898); *Notas do dia* (1900); *Histórias e paisagens* (1921, edição póstuma).

Pedro Barqueiro

Afonso Arinos

a Coelho Neto

"Eu lhe conto" — dizia-me o Flor, quase ao chegarmos à Cruz de Pedra. "Naquele tempo eu era franzinozinho, maneiro de corpo, ligeiro de braços e de pernas. Meu patrão era avalentoado, temido e tinha sempre em casa uns vinte capangas, rapaziada de ponta de dedo. Eu tinha uma meia-légua, trochada de aço, que era meu osso da correia." E, consertando o corpo no lombilho, soltou as rédeas à mula ruana, que era boa estradeira. Inclinou-se para um lado, debruçando-se sobre a coxa, e apertou na unha do polegar o fogo do cigarro, puxando uma baforada de fumo.

"Estávamos, um dia, divertindo-nos com os ponteados do Adão, à viola. Eu estava recostado sobre os pelegos do lombilho, estendidos no chão. A rapaziada toda em roda. Pouco tínhamos que fazer e passava-se o tempo assim. Eis senão quando entra o patrão, com aqueles modos decididos, e, voltando-se para um moço que o acompanhava, disse: 'Para o Pedro Barqueiro bastam estes meninos!' apontando-me e ao Pascoal com o indicador; 'não preciso bulir nos meus peitos largos. O Flor e o Pascoal dão-me conta do crioulo aqui, amarrado a sedenho.'

Para que mentir, patrãozinho? o coração me pulou cá dentro, e eu disse comigo — estou na unha! O Pascoal me olhou com o rabo dos olhos. Parece que o patrão nos queria experimentar. Éramos os mais novos dos camaradas, e nunca tínhamos servido senão no campo, juntando a tropa espalhada, pegando algum burro sumido. Eu tinha ouvido falar sempre no Pedro Barqueiro, que um dia aparecera na cidade sem se saber quem era, nem donde vinha. Cheguei uma vez a conhecê-lo e falamo-nos. Que boa peça, patrãozinho! Crioulo retinto, alto, troncudo, pouco falante e desempenado. Cada tronco de braço que nem um peçado de aroeira.

Estou com ele diante dos olhos, com aquela roupa azuleja, tingida no Barro Preto; atravessado à cinta um ferro comprido, afiado, alumiando sempre, maior que um facão e menorzinho do que uma espada.

Esse negro metia medo de se ver, mas era bonito. Olhava a gente assim com ar de soberbo, de cima para baixo. Parecia ter certeza de que, em chegando a encostar a mão num cabra, o cabra era defunto. Ninguém bulia com ele, mas ele não mexia com os outros. Vivia seu quieto, em seu canto. Um dia, pegaram a dizer que ele era negro fugido, escravo de um homem lá das bandas do Carinhanha. Chegou aos ouvidos do patrão esse boato. Para que chegou, meu Deus! O patrão não gostava de ver negro, nem mulato de proa. Queria que lhe tirassem o chapéu e lhe tomassem a bênção.

Daí, ainda contavam muita valentia do Barqueiro, nome que lhe puseram por ter vindo dos lados do rio S. Francisco. Essas histórias esquentavam mais o patrão, que eu estava vendo de uma hora para outra estripado no meio da rua, porque era homem de chegar quando lhe fizessem alguma.

Tanto eu como Pascoal tínhamos medo de que o patrão topasse Pedro Barqueiro nas ruas da cidade.

Subiram de ponto esse nosso receio e a ira do patrão, quando se soube de uma passagem do Pedro, num batuque, em casa de Maria Nova, na rua da Abadia.

Chegara uma precatória da Pedra dos Anjicos e o juiz mandou prender a Pedro. Deram cerco à casa onde ele estava na noite do batuque. Ah! meu patrãozinho! o crioulo mostrou aí que canela de onça não é assobio. Não é dizer que estivesse muito armado, nem por isso: só tinha o tal ferro, alumiando sempre; e com esse ferro deu pancas.

Quando cercaram a casinha e lhe deram voz de prisão, o negro fechou a cara e ficou feito um jacaré-de-papo-amarelo. Deu frente à porta da rua e encostou-se a uma parede. Maria Nova estava perto e me disse que ele cochichou uma oração, apertando nos dedos um *bentinho*, que branquejava na pele negra de sua peitaria lustrosa.

Chegaram a entrar a casa três homens da escolta, e todos três ficaram estendidos. Pedro tinha oração, e muito boa oração contra arma de fogo, porque José Pequeno, caboclinho atarracado, ao entrar, escancarou no negro o pinguelo de um clavinote e fez fogo. Pedro Barqueiro caminhou sobre ele na fumaça da pólvora e, quando clareou a sala, José Pequeno estava escornado no chão como um boi sangrado.

Dois rapazinhos quiseram chegar ainda assim, mas Pedro Barqueiro descadeirou um e pôs as tripas de fora a outro, que escaparam, é verdade, mas ficaram lá no chão gemendo por muito tempo.

Daí para cá, Pedro evitava andar pela cidade, onde só aparecia de longe em longe, e à noite. Mas todo o mundo tinha medo dele e vivia adulando-o.

Um dia, como já lhe contei, apareceu lá em casa um moço pedindo auxílio a meu patrão para agarrar o negro. Era mesmo escravo, o Barqueiro; mas há muitos anos vivia fugido. Já lhe disse que o patrão queria tirar o topete ao valentão, e, para isso, escolheu pobre de mim e Pascoal.

— Que dizes, Flor? falou o patrão rindo-se.

— Uai, meu branco, vossemecê mandando, o negro vem mesmo, e no sedenho.

— Quero ver isso.

— Vamos embora, Pascoal!

Quando íamos a sair, o patrão bateu-me no ombro e, voltando-se para o moço, disse muito firme: 'Pode prevenir a escolta para vir buscar o Barqueiro aqui, de tarde. Hão de dar duzentos mil-réis a estes meninos.'

Desci ao quarto dos arreios, passei a mão na meia-légua e no facão e apertei a correia à cinta.

Pascoal já estava na porta da rua, assobiando. Tinha por costume, nos momentos de aperto, assobiar sempre uma trova, que diz assim:

> Na mata de Josué
> Ouvi o mutum gemê;
> Ele geme assim:
> Ai-rê-uê, hum! airê!

Quando Pascoal me viu, soltou uma risada.

— Estás doido, rapaz! gritou-me.

— Por quê?

— Queres mesmo enfrentar com o Pedro Barqueiro? Ele faz de nós paçoca. A coisa se há de fazer de outro modo.

Pascoal tinha tento e eu sempre tive fé nele. Era um cabritozinho mirrado. Saía-lhe cada ideia... Mandou-me guardar a meia-légua e o facão. Depois, foi à venda, escolheu anzóis de pesca e veio para casa encastoá-los. Eu, nem bico! Ajudei a acabar o serviço, certo de que Pascoal tinha alguma na mente.

— Deixa a coisa comigo, ajuntava ele.

Isso ainda era cedo; o sol estava umas três braças de fora, no tempo dos dias grandes. Lá por casa madrugávamos sempre, para ir ao pasto e trazer os animais de trato.

— Vamos fazer uma pescaria, disse-me o Pascoal. — Ali para os lados do Batista, perto de um baruzeiro grande, há um poço, onde as curumutãs e os piaus são como formigas. O rancho do Pedro Barqueiro fica perto. Ele mora só e eu conheço bem o lugar. Pela astúcia, havemos de prendê-lo. Quando eu gritar: — 'Segura, Flor!' — tu agarras o negro, mas, segura rente!

E fomos. Nessa hora me veio bastante vontade de fugir ao perigo, de ir passear, porque tinha como certo suceder-nos alguma. 'Que é lá, Flor!' — disse de mim para mim. 'Um homem é para outro.' E, depois, o Pascoal não me deixava nas embiras. Quando descemos o Gorgulho e fomos virando para o lado do córrego, fiquei meio sorumbático. Nesse tempo, eu andava arrastando a asa à Emília, filha do José Carapina. Era uma roxa bonita deveras e não estava muito longe de me querer. Posso dizer mesmo que na véspera olhou muito para mim, ao passar com a saia de chita sarapintada de vermelho, umas chinelas novas e de cordovão amarelo. Ah! que peitinho de jaó, patrãozinho! empinado, redondo, macio como um couro de lontra. Com o devido respeito, patrãozinho, eu estava na peia, enrabichado e foi nesse mesmo dia que ela me deu esta cinta de lã, tecida por suas mãos, que guardo até hoje. 'Ai! roxa da minha paixão' — pensava eu — 'como hei de morrer assim, fazendo cruz na boca?' O diabo da ideia me atarantou pelo caminho e cheguei a dar tremenda topada numa pedra, no meio da estrada. Curvei-me sobre a perna, agarrei o pé com as mãos e estive assim dançando, sem querer, um pedacinho de tempo. Depois, levantei a cabeça. Pascoal sentara num barranco e encarava para mim, rindo. Levantei a cabeça e olhei para cima, assuntando. No céu galopavam umas nuvens escuras, a modo de um bando de queixadas rodando pelo campo.

Um vento áspero passava, arrancando do jenipapeiro as frutas maduras, que esborrachavam no chão assim — pof! — espantando os juritis que andavam esgaravatando a terra e comendo grãozinhos. Duas seriemas guinchavam, esgoelavam. Depois, vi que estavam brigando — me lembro como se fosse hoje — e uma avançava para outra dando pulinhos, sacudindo as asas, com o cocuruto arrepiado e os olhos em fogo. O coração pareceu dizer-me outra vez — 'olha, Flor, o que vais fazer'. Nesse entretanto, o Pascoal, que me encarava sempre do ponto onde estava sentado, gritou-me:

— Esqueceste a cabeça nalgum lugar? Vamos embora, que vai tardando já.

Fiquei descochado; caí em mim e fui marchando disposto. Daí em diante, fui brincando com o Pascoal, que era muito divertido e tinha sempre um caso a contar. Chegando embaixo, arregaçamos as calças e descemos o córrego, cada um com seu anzol na vara, ao ombro.

Era preciso que ninguém desconfiasse do nosso conluio para prendermos o Pedro Barqueiro.

Aí, quase que tínhamos esquecido o perigoso mandado, tão diferente andava a conversa com as caçoadas do Pascoal.

Para encurtar a história, patrãozinho, achamos Pedro Barqueiro no rancho, que só tinha três divisões: a sala, o quarto dele e a cozinha.

Quando chegamos, Pedro estava no terreiro debulhando milho, que havia colhido em sua rocinha ali perto.

— Vocês por aqui, meninos? Olhem! vão ali àquele poço, para baixo da cocheira. Tem lá uma laje grande e de cima dela vocês podem fazer bichas com os piaus.

— Louvado seja Cristo, meu tio! havia dito o Pascoal, e nisto o imitei.

— Se quiserem comer uma carne assada ao espeto, tirem um naco; está na fumaça, por cima do fogão, uma boa manta. Olhem a faca aí na sala, se vocês não têm algum caxerenguengue.

Pascoal entrou, e viu recostado a um canto da parede o ferro alumiando. Pegou nele, saiu pela porta da cozinha e escondeu-o numa restinga, ao fundo. Depois, me assobiou, eu acudi e fui procurar a *lazarina* de Pedro — boa arma, de um só cano, é verdade, mas comedeira.

— Há alguma jaó por aqui, tio Pedro? perguntou Pascoal.

— Nem uma, nem duas, um lote delas. Se você quer experimentar minha arma, vá lá dentro e tire-a. Não errando a pontaria, você traz agora mesmo uma jaó.

— Quero matar um passarinho para fazer isca, meu tio.

— Pois vá, menino.

E Pascoal descarregou a arma.

Pedro tinha-se levantado e falava com Pascoal do vão da porta de entrada.

Era hora.

Pascoal me fez um sinalzinho, eu dei volta e entrei pela porta do fundo para agarrar o Barqueiro pelas costas. A combinação era essa. Enquanto Pascoal o foi entretendo, eu fui chegando soturno, quando ele gritou — 'segura!' — eu pulei como uma onça sobre o negro desprevenido.

Conheci o que era homem, patrãozinho! Saltando-lhe nas costas, dei-lhe um abraço de tamanduá no pescoço. Mas o negro não pateteou, e, mergulhando comigo para dentro da sala, gritou:

— Nem dez de vocês, meninos! Ah! se eu soubesse...

Patrãozinho, eu sei dizer que o negro me sacudiu para cima como um touro bravo sacode uma garrocha. Mas eu via que, se o largasse, estava morto, e arrochei os braços.

— Chega, Pascoal!, gritei.

— Eu quero manobrar de fora. Ânimo! Segura bem que nós amarramos o negro.

Que tirada de tempo! O negro, às vezes, abaixava a cabeça, dando de popa, e minhas pernas dançavam no ar, tocando quase o teto do rancho. Lutamos, lutamos, até que Pascoal pôde meter um tolete de pau entre as canelas do Pedro, do modo que ele cambaleou e caiu de bruços. Nós dois pulamos em riba dele. Eu, triunfante, gritava: 'Conheceu, crioulo? Negro é homem?' Ele era teimoso, porque dizia ainda: 'Nem dez de vocês, meninos! Ah! se eu soubesse...'

Pascoal trazia à bandoleira um embornal para carregar peixe e veio dentro dele escondida uma corda de sedenho, comprida e forte. O Barqueiro estava no chão; e foi preciso ainda fazermos bonito para amarrá-lo.

— Agora, puxe na frente, seu negro! — gritou-lhe o Pascoal.

Havíamos juntado os braços dele nas costas e apertamos com vontade. Ficou completamente tolhido.

Eu ia segurando a ponta do sedenho e levava o negro na frente. Mesmo assim, houve uma hora em que ele me deu um tombo, arrancando de repente a correr. Por seguro, a corda estava-me enrolada na mão e eu não a larguei. Nesse instante Pascoal tinha corrido atrás dele e lhe descarregado na nuca um tremendo murro, que o fez bambear um pouco e me deu tempo de endurecer o corpo e segurar firme a corda.

O Barqueiro, depois que saiu do rancho, não piou.

Chegamos a casa de tarde e o negro ia no sedenho.

— Eu não disse, gritava o patrão muito contente, que só bastavam esses dois meninos para o Barqueiro? Está aí o negro.

E o povo corria para ver, e a frente da casa do patrão estava estivada de gente.

Recebemos os duzentos mil-réis.

Tinha-me esquecido de contar-lhe que eu fizera uma promessa à Senhora da Abadia, de levar-lhe ao altar uma vela, se voltasse são e salvo. Cumpri a promessa no dia seguinte e arranjei uma festinha para a noite. Queria um pé para estar com a Emília.

Comprei um trancelim de ouro para aquela roxa de meus pecados e um xale azul. Ela era esquiva. Fez muito momo nessa noite, e não me quis dar nem uma boquinha, com o devido respeito ao patrãozinho.

Saí da casa de José Mendes, onde dei a festa, quando os galos estavam amiudando.

A estrela-d'alva, no céu escuro, parecia uma garça lavando-se na lagoa. O orvalho das vassouras me molhou as pernas e eu estremeci um bocadinho. Entrei num beco que ia sair na rua de Trás, onde eu então morava.

Ia meio avexado e peguei a banzar. Emília! Emília do coração! por que me amofinas com esse pouco-caso? E desandei a cantar, bem chorada, esta cantiga:

Tá trepado no pau
De cabeça pra baixo,
Com as asas caídas
Gavião de penacho!
Todo o mundo tem seu bem,
Só pobre de mim não tem!
Ai! gavião de penacho!

De repente, pulou um vulto diante de mim. Quem havia de ser, patrãozinho? Era o Pedro Barqueiro em carne e osso. Tinha, não sei como, desamarrado as cordas e escapado da escolta, em cujas mãos o patrão o havia entregado.

O ladrão do negro tinha oração até contra sedenho!

Sem me dar tempo de nada, o Barqueiro me agarrou pela gola e me sugigou. Levantou-me no ar três vezes, de braço teso, e gritou-me:

— Pede perdão, cabrito, desvergonhado, do que fizeste ontem, que te vou mandar para o inferno! Pede perdão já!

A gente precisa de ter um bocado de sangue nas veias, patrãozinho, e um homem é um homem! Eu não lhe disse pau nem pedra. Vi que morria, criei ânimo e disse comigo que o negro não me havia de pôr o pé no pescoço.

Exigiu-me ele, ainda muitas vezes, que lhe pedisse perdão, mas eu não respondi. Então, ele foi-me levando nos braços até uma pontezinha que atravessava uma perambeira medonha. A boca do buraco estava escura como breu e parecia uma boca de sucuriú querendo me engolir. Suspendeu-me arriba do guarda-mão da ponte e balançou meu corpo no ar. Nessa hora, subiu-me um frio pelos pés e um como formigueiro me passeou pela regueira das costas até a nuca; mas minha boca ficou fechada. Então, o Barqueiro, levantando-me de novo, me pousou no chão, onde eu bati firme.

O dia estava querendo clarear. O negro olhou para mim muito tempo, depois disse:

— Vai-te embora, cabritinho, tu és o único homem que tenho encontrado nesta vida!

Eu olhei para ele, pasmado.

Aquele pedaço de crioulo cresceu-me diante dos olhos, e vi — não sei se era o dia que vinha raiando — mas eu vi uma luz estúrdia na cabeça de Pedro.

Desempenado, robusto, grande, de braço estendido, me pareceu, mal comparando, o Arcanjo São Miguel sugigando o Maligno. Até claro ele ficou essa hora!

Tirei o chapéu e fui andando de costas olhando sempre para ele.

Veio-me uma coisa na garganta e penso que me ia faltando o ar.

Insensivelmente, estendi a mão. As lágrimas me saltaram dos olhos, e foi chorando que eu disse:

— Louvado seja Cristo, tio Pedro!

Quando caí em mim, ele tinha desaparecido."

Mitologia do sertão

Nascido em Paracatu, no interior de Minas Gerais, Afonso Arinos acompanhou o pai desde criança em viagens pelo sertão mineiro e goiano. Adquiriu grande intimidade com a paisagem e os tipos sertanejos, que ainda jovem resolveu transpor para a literatura, publicando em 1898 o livro de contos *Pelo sertão*, talvez como um modo de compensar a sua trajetória de homem civilizado e cosmopolita. Essa foi, ao menos, a opinião de críticos como Lúcia Miguel Pereira, que considerou muito pitorescos e artificiais os tipos de *Pelo sertão*. O crítico José Veríssimo já havia dito bem antes que havia "demasiada literatura nessa literatura" dos regionalistas, construída, segundo ele, antes com a mentalidade europeia do que com uma profunda simpatia pelos interiores do país.

Não se pode negar, entretanto, o salto e o aprofundamento trazidos por essa nova geração regionalista, formada por autores como o mineiro Afonso Arinos, o paulista Valdomiro Silveira, o goiano Hugo de Carvalho Ramos e o gaúcho João Simões Lopes Neto, cujas obras de caráter inovador e revolucionário — antecipando em muitos aspectos a literatura das décadas de 1920 e 1930 — devem ser relacionadas também à grande reviravolta produzida pela publicação, em 1902, de *Os sertões*, de Euclides da Cunha.

Monarquista convicto, Afonso Arinos foi um dos primeiros autores a afirmar a importância do episódio de Canudos para o conhecimento do "caráter brasileiro" e a descoberta de um país central, longe da faixa litorânea, até então ignorado. Antes de Euclides, chegou a escrever um livro inspirado pelo tema, *Os jagunços*. O livro sobre Canudos caiu logo no esquecimento, mas os contos de *Pelo sertão* foram suficientes para consagrá-lo como escritor.

As páginas de "Pedro Barqueiro" estão entre as mais admiradas da coletânea. A história é narrada por um homem rústico, que se dirige a um interlocutor sem nome, mas tratado afetivamente (e de modo submisso) como "patrãozinho". No juízo dos que criticaram o "artificialismo" de Afonso Arinos, a elegância do narrador, que emprega bem os pronomes e os verbos, contrasta com a simplicidade das histórias da vida rústica, a cultura e a fala populares ficando indevidamente recobertas por uma pátina brilhosa de parnasianismo.

Em que pese um ou outro exagero, é preciso reconhecer, porém, que a prosa do autor, em seus momentos de melhor realização, se caracteriza pelo equilíbrio e pela sobriedade. E a ele deve ser dado o crédito de eliminar o preconceito contido nas caricaturas da fala rural muito frequentes, por exemplo, em Coelho Neto, que se comprazia em ridicularizar a incultura dos que não pertenciam às classes letradas. Afonso Arinos, sem apelar para a deturpação gráfica ou sintática, conforme observou Aurélio Buarque de Holanda, alcançou uma espécie de fusão da linguagem culta com a fala matuta, pois "o tom da narrativa, o seu andamento, a escolha das palavras denunciam perfeitamente o falar caipira".

Na escolha dos temas, percebem-se mais claramente os traços comuns ao homem rural brasileiro, ao mesmo tempo ingênuo e violento. A valentia, o ciúme, o sentimento da saudade, a crença em assombração, a fidelidade ao senhor das terras (inabalável a ponto de transformar vaqueiros em autênticos jagunços), tudo isso comparece nas páginas de *Pelo sertão*. As relações entre patrões e empregados são sempre cordiais, sem conflitos de qualquer natureza. E a religiosidade, vista como essência da vida primitiva, parece se refletir no gosto do autor pela mitificação do homem rural. Este deixa de ser bronco e assassino para acolher uma série de atributos de nobreza, convertendo-se quase em herói de novelas de cavalaria, num prenúncio das transfigurações que seriam feitas mais tarde, em meados do século XX, pelo também mineiro João Guimarães Rosa.

Dessa mitologia do sertão servem de exemplo, no conto "Pedro Barqueiro", não só os rapazes que se armam de coragem — e, obviamente, de astúcia, palavra-chave nas histórias caipiras — para cumprir as ordens do patrão, mas sobretudo o negro que eles aprisionam. Mescla de valentia e generosidade, o misterioso Pedro é rendido e arrastado como um animal, mas revela-se um grande homem (definir o que seja um "homem" é o alvo central da narrativa). Tão grande que é percebido, afinal, como santo iluminado, assim desaparecendo da vista do narrador.

Reprodução

Hugo de Carvalho Ramos nasceu na cidade de Goiás, antiga capital do estado de mesmo nome, em 1895. Adolescente tímido, ganhou desde cedo a fama de devorador de livros. Publicou seus primeiros contos em jornais de Goiás e Uberaba. Em 1912, após a morte do pai, mudou-se para o Rio de Janeiro, onde iniciou os estudos de Direito. Impedido de terminar o curso, por motivo de saúde, tentou sem sucesso instalar um escritório de advocacia em Uberaba. Suicidou-se em 1921, um mês depois de regressar ao Rio e poucos dias antes de completar 26 anos.

Obra: *Tropas e boiadas* (1917).

O Saci

Hugo de Carvalho Ramos

Por aquele tempo o Saci andava desesperado. Tinham-lhe surrupiado a cabaça de mandinga. O moleque, extremamente irritado, vagueava pelos fundões de Goiás.

Pai Zé, saindo um dia à cata dumas raízes de mandioca castela que sinhá-dona lhe pedira, topou com ele nos grotões da roça.

O preto, abandonando a enxada e de queixo caído, olhava pasmado o negrinho que lhe fazia caretas e trejeitos, a saltar no seu único pé, e fungando terrivelmente.

— Vancê quer alguma coisa? perguntou pai Zé admirado, vendo agora o moleque rodopiar como o pião do ioiô.

— Olha negro, respondeu o Saci, vancê gosta de sá Quirina, aquela mulata de sustância; pois eu lhe dou a mandinga com que ela há de ficar enrabichada, se vancê me arranja a cabaça que perdi.

Pai Zé, louco de contentamento, prometeu. A cabaça, ele sabia-o, fora amoitada pelo Benedito Galego, um caboclo sacudido que, cansado das malandrices do moleque, a tinha roubado das grimpas do jatobá grande, lá nas roças do ribeirão.

Pai Zé fora um dos que o tinham aconselhado, para obstar que o Saci, como era o seu costume quando incomodado, tornasse a levantar as árvores da derrubada que o Benedito fizera nessas terras.

Arrastando as alpercatas de couro cru pelas terras de sô Feitor, pai Zé capengava satisfeito e inchado com a promessa do Saci.

Desde Santo Antônio que ele rondava sá Quirina, procurando sempre ocasião de lhe mostrar que apesar dos seus sessenta e cinco anos e meio, um olho de menos e falta de dente na boca, não era negro para se desprezar assim por um canto, não — que sustância ainda ele tinha no peito para aguentar com a mulata e mais a trouxa de sá Quitéria, sua mulher — se ele tinha!

Mas a cafuza era dura da gente convencer. Toda a eloquência que ele penosamente engendrara em seu bestunto de africano e que lhe tinha despejado pela festa de S. Pedro, não teve outro resultado senão a fuga da roxa quando o encontrava.

— Mas agora, gaguejava o preto, eu lhe amostro, que o Saci é mesmo bicho bom pra deitar um feitiço.

Com a rica dádiva dum quartilho de cachaça e meia mão do seu fumo pixuá, pai Zé alcançou do Galego a cabaça desejada.

Sá Quitéria, porém, não via com bons olhos o afã de seu velho pela posse da milonga. E ela também sabia deitar e tirar quebranto, se sabia! — Perguntassem à bruxa da nhá Benta, que desde vésperas de Reis estava entrevada na trempe do jirau; e não era o zarolho e cambaio do seu homem que a enganasse.

Por isso, a velha ciumenta estava de tocaia, desejosa por saber do seu intento. Lá ia pai Zé, arrastando novamente as alpercatas de couro cru pelas terras de sô Feitor, à entrevista do Saci. Atrás dele, sorrateira, lá ia também sá Quitéria.

O negro chegou aos grotões e chamou pelo Saci, que de pronto apareceu.

— Toma lá a sua cabaça de mandinga, seu Saci, e dá-me cá o feitiço pra sá Quirina.

O moleque desbarretou-se, tirou uma pitada grossa da cumbuca, fungou, e entregando o resto a pai Zé, disse:

— Dá-lhe a cheirar esta pitada, que a crioula é sua escrava.

E desapareceu, fungando, pulando no seu único pé, nos grotões e covoadas da roça.

— Ah, negro velho dos infernos, que conheci a tua tramoia, gritou sá Quitéria furiosa, saindo do bamburral e segurando-o pelo papo.

E, na luta do casal, lá se foi o feitiço que o pobre pai Zé adquirira com o sacrifício dum quartilho de cachaça e a meia mão do seu bom fumo pixuá.

Desde então, nunca mais houve paz no casal, que se devorava às pancadas; e pai Zé arrenegava sem descanso o maldito que introduzira a discórdia no seu rancho.

— Porque, Ioiô, concluiu o preto velho que me contava esta história, a todo aquele que viu e falou com o Saci, acontece sempre uma desgraça.

Goiás — 1910

Um símbolo da cultura caipira

No tempo de Hugo de Carvalho Ramos, Goiás era um Estado longínquo e desconhecido, escassamente povoado, onde não havia estradas de ferro e as mercadorias eram transportadas por meio de tropas. A vida rústica dos tropeiros, mais do que a paisagem local, é o assunto principal do livro *Tropas e boiadas*, de 1917, o único publicado pelo escritor. Esse volume de contos, na opinião de Mário de Andrade (manifestada três décadas depois em famosa conferência sobre a história do Modernismo), deveria ser considerado uma exigência cultural para as novas gerações interessadas em conhecer de perto a realidade brasileira. A observação dessa realidade, cuja essência se mostraria asperamente condensada no interior do país, era o grande objetivo do escritor. Projeto do qual realizou apenas uma pequena parte, pois teve morte precoce, suicidando-se aos 26 anos de idade, após uma existência marcada pela timidez e pelo isolamento.

O livro *Tropas e boiadas* é dedicado a Coelho Neto, o escritor mais renomado da época, célebre por sua linguagem refinada e de brilho fácil. Sua influência, assim como a de Euclides da Cunha, foi decisiva para a criação literária de Hugo de Carvalho Ramos. De acordo com o crítico Gilberto Mendonça Teles, o jovem escritor oscilou entre dois extremos, a exuberância e a concisão. De um lado, parecia preso às convenções e aos modismos da *Belle époque*. De outro, antecipava a experimentação modernista, adotando procedimentos de linguagem que estavam próximos não do classicismo lusitano, mas de um estilo linguístico brasileiro.

Os regionalistas do século XIX se preocupavam em captar o ambiente, a "cor local", de preferência às criaturas, que eram vistas a distância, envolvidas tanto em exotismos e vagas idealizações românticas quanto em sólidos preconceitos. Já o novo regionalismo surgido nos albores do século XX tinha como objetivo observar com realismo e senso crítico a vida sertaneja. O ambiente rural estava comandado pelo atraso e por uma ordem social injusta, na qual os trabalhadores continuavam a ser tratados como escravos, e cabia aos novos sertanistas denunciá-lo. É o que faz Hugo de Carvalho Ramos em "Gente da gleba", novela sobre a miséria e a selvageria do poder nos latifúndios do interior goiano, na qual o autor também oferece quadros da cultura local, dos costumes sertanejos e do folclore preservado nas festas tradicionais.

O folclore aparece como tema central no conto "O Saci", datado de 1915. No volume *Tropas e boiadas*, esta história se inclui entre as mais breves e objetivas. O espaço é definido já de saída — os "fundões de Goiás" —, mas não haverá tempo para descrições pitorescas, importando apenas os personagens e a ação promovida pelo endiabrado Saci. Pai Zé e sá Quirina são um casal de pretos velhos que vivem em tempo ainda marcado pela escravidão, arrastando suas existências pelas "terras de sô Feitor". O narrador é um homem da classe superior, "Ioiô", que ao final informa ter ouvido o caso de outro preto velho — reiterando-se o expediente da duplicação do narrador, comum nas histórias regionalistas. A presença do narrador oral e popular, ainda que "traduzido" pelo narrador escrito, é o dado responsável pela riqueza maior do que se conta, a autenticidade, aludindo à origem folclórica, à autoria anônima e à dimensão coletiva da história. É por arte desse narrador que o causo ganha em vivacidade, tanto pelo sabor coloquial da linguagem quanto pelo ritmo veloz, em que se atinge rapidamente o clímax (no caso, a derrota do "pobre pai Zé").

Característico do folclore do Sul do Brasil, o mito do Saci-pererê tem origem tupi-guarani e está diretamente ligado à construção da cultura caipira. Segundo o sociólogo Renato da Silva Queiroz, a lenda faz referência à formação de latifúndios e à presença do trabalhador escravo no mundo rural — temas caros à literatura de Carvalho Ramos. Na história contada pelo escritor goiano, é curioso notar como o perfil do protagonista (o preto velho, capenga e com seu "fumo pixuá") reflete com exatidão a imagem do negrinho endiabrado, de perna única e mão furada, sempre pitando e cafungando. É como se pai Zé, com sua astúcia e pernas tortas, encarnasse ele próprio o moleque que se tornou símbolo da cultura caipira, exemplificando seu gosto pelas tramoias, traquinagens, feitiços e superstições. O problema de ambos é que sá Quirina era também feiticeira — e de mão-cheia.

Banco de Imagens / Arquivo da editora

Valdomiro Silveira nasceu em 1873, em Cachoeira Paulista, interior de São Paulo. Passou a infância e a adolescência em Casa Branca (SP). Seguindo os passos do pai, formou-se em Direito, em 1895, época em que assumiu o cargo de promotor público em Santa Cruz do Rio Pardo (SP). Em 1905, mudou-se para Santos, onde se dedicou à advocacia e à ficção. Morreu em Santos, em 1941.

Principais obras: *Os caboclos* (1920); *Nas serras e nas furnas* (1931); *Mixuangos* (1937); *Lereias* (1945, edição póstuma).

A consulta do Lau

Valdomiro Silveira

— Seo doutor, eu quero-lhe fazer uma consulta de muita circonstância e de muito segredo; mas porém também quero que vancê me dê uma re'posta bem sincera, um parecer franco de tudo, que me sirva 'o menos p'r'aliviar a minha vida de tanta malinconia que eu tenho padecido, destes tempos p'ra cá.

Vancê 'tá meio novato aqui, por isso não conhece bem o pessoal desta terra, e muito menos esses tapiocanos que andam afundados p'r os sítios e aparecem na cidade uma vez na vida e outra na morte. Nunca viu com certeza o Chico Geraldo, que assiste agora nas Covoadas e anda meio tapera, segundo 'vi falar. O Chico Geraldo morava lá p'r as beiras do Cocaes, vizinhando comigo, porque eu tenho meu chãozinho naquelas parage's; por sinal, seo doutor, que não dou meu dito chãozinho por nem uma fazenda feita destas bandas.

O Chico Geraldo era pai duma pinhã bonita como quê, por nome Alícia, moça de esp'rito e qualidade, trabucadeira da vida. Ficou viúvo muito rapaz ainda, e aquela criatura é que fazia e desfazia tudo na casa. Nós sempre tivemos muita amizade, desde muito tempo, porque o Chico Geraldo era um home' que não se intreverava nos negócios de ninguém, só se ocupava com seus trabalhos e, apesar de pobre e andar sempre lapuz, o coitado! — era um home' de palavra, estimado em casa por nhô pai, que Deus tenha em sua santa guarda.

Desde pequetita (isto é voz corrente no bairro), a Alícia me quis bem, e eu também não deixava de não querer casar co'ela, quando pudesse sustentar um empreito ou plantar alguma roça de meu. De primeiro não houve novidade nenhuma, todos achavam graça naquele namoro de dois crilinhas que não valiam nada. Mas ao depois, quando 'garrei a crescer, nhô pai pegou a falar que similhante casamento não dava certo, porque eu não era rico, apesar que podia mais tarde vir a pissuir uns cinco alqueires de cultura, e a Alícia intão, de seu, só podia ter a beleza, e as mãos p'r'o trabalho, nada mais.

Um mineiro da Jacutinga, que se chamava Neca de Oliveira, comprou, há coisa de seis anos, uma sorte de terras anexa c'as de nhô pai, e que divisam dereitinho c'o pedaço que me saiu no inventário da mãe. Esse mineiro é um sojeito meio espótico, acho que é até meio tantã, mas porém trouxe tanta coisa, quando fez arranchação na propriadade, que os mucufos daqueles mambembes pegaram a ficar admirados, e nhô pai foi um deles. Entre as bonitezas que o Neca trouxe, a mais bonita, p'ra dizer verdade, era a filha mais nova, uma branquinha meio aloirada, a Júlia, que aguentava um desafio a noite inteira, cantando versos de cabeça e repinicando uma viola como o folgazão mais desenvolvido.

O Neca percurou logo nhô pai, p'r'arranjarem de boa acomodação um rumo que 'tava meio apagado, e nhô pai, que nunca foi home' de demanda nem de briga, e a mó' que sempre teve medo dos mais ricos (vancê sabe, um home' criado e inducado nos ermos!), combinou bem c'o dito Neca, e até foram juntos fazer um dia o alimpado da divisa, enquanto não chegava a camaradage' de outro p'ra cavocar o valinho. E tudo foi feito de muito boa paz.

Quando nhô pai voltou, esse dia, já no lusque-fusque, veio dizendo esta prosa:

— O home', Lau, é dos bons. E tem uma senhora filha, eta menina placiana e conversada! Aquilo é que serve p'ra você: bonita, cidadoa e, além de tudo, não vem p'ra casa c'as mãos limpas. Sabe o que mais? Você já vai beirando os vinte anos, ela 'tá com dezoito, a sá Júlia; trate de ver se ela lhe quer, porque o Neca eu acho que não há de ser estrovo.

Eu bem que arrespondi que minha tenção, toda a vida, era casar co'a Alícia; que a Alícia sempre me quis e era uma fortaleza; que nós nem sabia' quem era essa gente, que rebentou no bairro quando menos se esperava, e tinha até jeito de ser meia aciganada; que a Alícia era muito trabalhadeira e, de cantigas, só sabia as que serve' p'ra fazer menos pesada a tarefa, e não era amiga de passar noites de enfiada dançando baile na casa dos outros.

Mas nhô pai não me deu rezão, era o que ele queria e, se não fosse o que ele queria, não havéra de ser nada. Eu banzei comigo mesmo: bamo' deixar passar o tempo — e deixei passar o tempo. Vancê gosta de versos, seo doutor? Se vancê gosta, decerto já 'viu cantar um que fala ansim:

> O mundo não é dois mundo',
> o céu não tem dois senhor';
> quem não tem dois coiração
> não pode ter dois amor'.

Eu tinha um coiração, o único que Deus me deu, não podia querer à Alícia e à Júlia, vancê não acha? Nunca tive por costume andar de um amor p'ra outro, que nem certos rapazes. E nhô pai, intão, era um home', em casa, brabo a conta inteira:

havéra-se de fazer só o que ele mandava, e não buzinar, porque, no caso contrário, ficava tudo rúim.

Tomei a minha resolvição de não dizer mais nada a respeito do causo: nem que sim, nem que não. O tempo é remédio de tudo, esperei que o tempo curasse aquela mania birrenta do pai. E andei lobisomando noites e mais noites p'r aqueles cantos de serra e beiradas de campo, chegando às vezes ao ponto de voltar p'ra casa quando a barra do dia já vinha lumiando o lombo dos espigões. Peguei então a encontrar co'a Alícia, Deus sabe como. E aí, seo doutor, é que eu vi como é gostoso e como é doído a gente campear seu amor no escuro das arv'es, alta hora, fugido e escondido, e desaparecer c'a primeira alvorada do dia, feito um lobo do cerrado ou uma suindara do sertão!

Passados meses, a Alícia deu de ficar deferente, e eu logo desconfiei o que era. Pensei que não fosse o que eu pensava, deixei correr mais um mês e mais outro, e vi que não havia remédio: a Alícia 'tava de esperança, e daí a pouco todos havéram de reparar e conhecer a mudança dela. Um dia ganhei corage', despois de ter cumbersado bastante co'a Alícia, e contei tudo p'ra nhô pai, cuidando que ele havia de chegar à rezão e barganhar de juízo. Mas qual! parece que foi mais pior: olhou p'ra mim c'os olhos acesos de réiva, e preguntou se eu então tinha ânimo de fazer o que ele não queria que eu fizesse.

Seo doutor, a consciência me dói hoje do que eu disse na tal hora, mas eu disse que não tinha esse ânimo.

Nhô pai mandou que eu fosse passar uns tempos no sítio dum meu tio, perto de Santa Cruz, e tive que sair já ali no sofragante. Passei p'r a casa do Chico Geraldo, falei p'r'a Alícia o que havia, e soquei as esporas no meu cavalo rosilho. Quando fechava essa noite, e a outra, e a outra, eu amontava a cavalo, sem que ninguém não soubesse na casa do tio (eu drumia arretirado, num cochicholo a par c'um bambuzal), e vinha ver a Alícia, até sabe Deus quando. O Chico Geraldo, quando foi senhor do acontecido, diz que chorou ver uma criança: mas porém arrespondeu p'r'a filha que ela era filha e ele era pai, e nunca não seria capaz de lhe ensinar o andar da estrada.

Uma tarde, seo doutor (e é aqui que me principia a apertar o coiração, porque fazia uns par' de dias que eu achava a Alícia meia fora de si, não sei como), uma tarde encilhei o rosilho na virada de lá do potreiro, tal e qual eu fazia sempre, p'ra ninguém não perceber, amontei a cavalo e cortei na direção do Cocaes. Logo-logo caiu a noite, noite de lua cheia, mas o luar 'tava meio turvinho ainda. Eu não quero aumentar nada p'ra vancê, seo doutor, mas parece que a musga da ferrage' do rosilho chorava no chão duro daquele estradão velho. E a lua ficou sofocada no meio dumas nuve's ou por detrás dalguma serra.

Cheguei no arrozal onde eu sempre esperava a Alícia, e não vi nada, não vi nada que tivesse jeito de gente. Olhei p'ra todas as bandas, escuitei uma temporada: tudo 'tava quieto, só 'vi um rumor de longe, que cuidei ser passage' do vento na rama dos arvoredos, e o barulho da água do monjolo, bem p'ra baixo, encostado no mato grosso. Fui caminhando p'r o meio do arrozal, à toa: e de repente reparei que tinha um vulto esquisito, dentro dûa moita de guaimbé, já perto do monjolo, a par co'as últimas touceiras do arroz apendoado. A moita fazia um negrume, porque 'tava numa covanca e tinha perto muitas arv'es macotas: peguei num manojo de palha seca, bati o isqueiro, acendi um fogaréu num átimo, caminhei p'r'o rumo daquele vulto.

Era a Alícia, seo doutor, que 'tava ali desacordada, sozinha com Deus, e sem cabeça nem p'ra me conhecer. Falei-lhe umas par' de coisas, bem no ouvido, mas porém a Alícia não entendia mesmo nada, 'tava numa sonolência que dava mostra de ser a drumideira da morte. Foi aí que descobri, junto dela, uma criancinha sem roupa, tremendo e fazendo queixas muito baixico, nuns gemidos que a gente só podia ouvir chegando bem perto do corpinho desamparado.

'tive ansim parado muito tempo. Quando a lua apontou daquele fundangão, no entremeio das serras, e branqueou o alto dumas cambaúvas que tinha perto da água, e ficou tudo craro, sacudi mais a Alícia, tornei a falar palavras já quase tremidas de choro (porque eu 'tava triste que nem um condenado, seo doutor), e ela abriu e arregalou os olhos, não arrespondeu nada, pulou do chão, correu p'r'o monjolo, ver uma demente ou uma pantasma.

Corri também, seo doutor, mas porém, quando cheguei perto dela, já vi a criancinha no pilão do monjolo, machucada, espremida, quebradinha como um ramo. Tirei depressa a criancinha, ponhei a criancinha em riba duma folha larga de taioba, mas aquilo 'tava uma geleia, nem tinha forma de gente, era um emburulho que tremia, que alevantava e que abaixava. Meus dedos arrancaram meus cabelos: pensei que tudo o que eu via não passava de castigo, porque nunca 'maginei tamanha desgraça ansim.

E então, quando campeei a Alícia e fui topar co'ela deitada debaixo duma gameleira, estendida e branca ver uma defunta (na certeza já tinha morrido), desesperei duma vez, corri p'r'o meu rosilho, amontei a cavalo e disparei p'r a estrada fora, chorando feito um louco.

Sube despois que a Alícia foi achada morta naquele mesmo lugar, que o Chico Geraldo saiu meio deleriado das terras, e que a criancinha não apareceu. Ora, seo doutor, onde é que havéra de ter ido parar a pobre da criaturinha de Deus? Eu é que não tive mais alma nem p'ra passar por perto de similhante morada.

Agora, seo doutor, eu quero é que vancê me diga si eu devo algum crime p'r amór de este causo. Todos dizem que vancê é um home' bom, que tem dó da pobreza e é sombra dos perseguidos e dos atromentados: por isso também lhe peço, e lhe peço p'r o leite que vancê mamou nos peitos de sua mãe, que me ensine despois como é que hei de matar esta tristeza e como é que hei de apagar esta nódea tão preta e tão delorida que trago no fundo do meu coiração.

A voz do caboclo

"E sou, eu próprio, um legítimo caboclo", costumava afirmar Valdomiro Silveira. Descendente de bandeirante, esse paulista da gema disputa com o mineiro Afonso Arinos o lugar de pioneiro da literatura regional criada em fins do século XIX. A estreia em livro só ocorreu em 1920, com *Os caboclos*, volume de contos escritos entre 1897 e 1906. De imediato a crítica valorizou não só o brasileirismo do autor, mas o fato de seus personagens apresentarem uma fala autêntica. Os escritores regionalistas tinham o costume de representar visualmente e com exageros a fala caipira, isolando-a entre aspas para marcar a diferença entre a cultura do narrador e o ridículo dos personagens. Afonso Arinos, na contramão dessa tendência, optou por dar ao dialeto sertanejo uma "forma sintática", com medo de que ele não fosse entendido pelos leitores da cidade. Dando um passo adiante, Valdomiro Silveira procurou reproduzir a sintaxe e o vocabulário da fala caipira, construindo a partir dela um texto de alta qualidade literária, assim como faria mais tarde Guimarães Rosa, com maior radicalidade.

O salto obtido por Valdomiro Silveira com a estilização da fala popular — objetivo que logo depois, na década de 1920, se transformaria em bandeira na mão dos modernistas — só foi possível porque o escritor estava imbuído de uma visão inovadora sobre o homem caipira, da qual a sua prosa saborosa seria uma espécie de tradução no plano formal. Tal visão era distinta da que se formou a partir dos relatos de viajantes como Saint-Hillaire e sob a influência das teorias raciais preconceituosas daquele tempo, segundo as quais o caipira teria como características a preguiça, a ignorância e até a deficiência mental (nessa tradição também se inclui o personagem Jeca Tatu, retrato negativo do caboclo feito por Monteiro Lobato no livro *Urupês*, de 1918). Na prosa de Valdomiro Silveira, o caipira recebe um olhar diferente — olhar de poeta e ao mesmo tempo de antropólogo, que revela não só as condições de vida, mas a subjetividade dos personagens. Os dramas humanos ultrapassam a particularidade regional, embora também se liguem a ela umbilicalmente (dependência que o dialeto literário caipira, por sua vez, assinala). Pelo mergulho na região, como ocorre em Guimarães Rosa, obtém-se, paradoxalmente, o *status* do universal.

No livro *Os caboclos*, de acordo com a crítica Enid Yatsuda Frederico, restava um certo eruditismo e a fala culta do narrador ainda se distanciava da fala dialetal dos personagens. Já em *Lereias*, publicado postumamente em 1945, Valdomiro Silveira encontra um expediente para evitar essa distância: a atribuição da fala ao caipira. O termo *lereia* significa divertimento, história enrolada e fantasiada. Em todos os contos do livro são os caipiras que detêm a palavra, dirigindo-a a interlocutores ocultos. Tratados por *vacê*, *vassuncê*, *seo doutor* etc., esses ouvintes são uma projeção do leitor e do próprio Valdomiro, que era habituado por seu trabalho na promotoria a ouvir *causos* da gente simples. Tal situação narrativa, em que se cria a interlocução com o doutor da cidade, se tornou uma fórmula dos contos caipiras (repetindo-se, aliás, em outras histórias desta antologia), mas em *Lereias* temos a impressão de que o matuto realmente tomou posse de seu discurso, emergindo daí, lírica e às vezes tragicamente, toda a profundidade humana desse mundo rústico, a exemplo do que ocorrerá no clássico *Grande sertão: veredas*, de 1956.

O principal tema dos caipiras, nessas "histórias contadas por eles mesmos", é o amor em suas várias formas. Amor traído, que produz desejos de vingança, e amor contrariado, que impulsiona decisões de fuga ou de resistência, conforme vemos em "A consulta do Lau". O narrador lembra com pesar sua trajetória infeliz com a namorada Alícia, que por ser pobre não se tornou sua esposa (Júlia, a rival, é preferida pelo pai de Lau por ser "cidadoa" e "conversada"). Atormentado pela "nódea" do passado, que soa como "crime" à sua consciência, Lau suplica ao *seo doutor* uma palavra de consolo, um remédio, um ensinamento. O caráter ingênuo do relato parece uma estratégia para disfarçar a culpa e obter o perdão. História pungente, de sofisticada elaboração formal — e muito eficaz ao retratar, por meio dos temas do amor e da saudade, conforme notou Enid Yatsuda Frederico, as mudanças e inseguranças trazidas ao mundo rural pelo interesse econômico — ou, em outras palavras, pelo avanço da modernidade.

nado, assim desaparecendo da vista do narrador.

Mário de Andrade nasceu em 1893, em São Paulo. Formou-se em Ciências e Letras, cursou Filosofia e, em 1915, concluiu o curso de canto no Conservatório Dramático e Musical de São Paulo. Sob o pseudônimo de Mário Sobral, publicou, em 1917, o seu primeiro livro de poesia, *Há uma gota de sangue em cada poema*. Foi uma das principais lideranças do movimento modernista. Morreu em São Paulo, em 1945.

Principais obras: *Pauliceia desvairada* (1922); *Primeiro andar: contos* (1926); *Clã do jabuti* (1927); *Amar, verbo intransitivo* (1927); *Macunaíma* (1928); *Os contos de Belazarte* (1934); *Contos novos* (1946).

Caso pançudo

1918 [1943]

Mário de Andrade

a Pio L. Corrêa

Nhô Resende era dono de propícias terras lá para as bandas de Apiaí. Não se importava com o café pois a porcada e as plantações de arroz iam-no mais do que arranjando enriquecendo. Seus campos marginavam a Ribeira em doce aclive onde as reses ruminavam distraindo a monotonia dos pastos sob a arrogância ouriçada dos pinheiros. Mais para o alto fugindo aos alagadiços a mata recobria a crista das colinas. Na filigrana das ramagens os macacos e os tucanos em convívio anunciavam com a matinada loquaz cada novo dia sempre portador de novo lucro e bem-estar.

Há quinze anos já que nhô Resende se afazendara naquelas paragens preferindo buscar no chão da terra esteio mais seguro que o das filosofias aderentes às cartas de bacharel. Entre o rubi e a enxada optara pela segunda desgostando a coronelice ingênita do pai mas a preferida lhe dera os orgulhos da honestidade e a serena paz dos patriarcas. Também entre a pianista de alameda paulistana, chopinizada de alma e corpo, e a cabocla aguentada nas aleivosias do clima, endireitara para o amor desta mais submisso e mais virgem. E o nono filho aí estava como a nona exceção à gente amarelecida que os rodeava, rijo sacudido crestado sujo lindo olhos inquietos.

— Chiquinho, sai daí, peste! Eu te bato, hein!

Mas Chiquinho tinha apenas três anos, duvidava ainda da argumentação das palmadas e enrodilhava-se à perna do pai puxando-o.

— Quê que ocê qué, minino!

— Vem, papai! vem...

— Olha só o tal! Então você pensa que vou te servir de ama-seca... Tá solto!

— Vem papai, bicho... e a voz fazia-se suplicante no pedir.

— Aonde é que tu me leva, minino!

— Bicho!...

— Tá bom: vamo vê o tal bicho...

E largando a navalha que afiava carregou Chiquinho nos braços, dirigiu-se ao portal.

Mesmo embaixo dos degraus de pedra que escachoavam para o terreiro uma linda porca negra de malhas brancas deliciava-se devorando avencas e begônias.

— Ora dá-se! Não é que a porca do Felipão tá aqui outra veiz! Ocê gostou da passeata, sua fia da mãe! Espera um pouco que já te dou comida pra ocê comer!

E ao filho que saía do paiol:

— Martinho, acerca daí! Não deixe ela fugir.

Largou o Chiquinho no patamar. Dum salto, como prova ainda do vigor e elasticidade dos músculos caiu junto da porca e segurou-a pela perna.

— Sirvina! venha vê o que a porca do Felipão feiz nas suas prantinha... Essa diaba tá querendo mas é bala.

Contudo ao mesmo tempo regalava beatificamente os olhos

na belíssima porca. Já por várias vezes tentara comprá-la mas o dono emperrara na recusa e só era dado a nhô Resende, assim como em pecado contra o nono lamber com o olhar grosso as formas e cores do animal.

— Minino, quê que tu tá fazendo aí parado, seu palerma! Venha segurá a porca pra mim. Ocê vai levá ela no Rio Novo e fale pro Felipão que é a úrtima! Se a maiada passá pra cá outra veiz eu mato ela. Juca vá com seu irmão. Tá bom: é mió vocês não dizê nada. Não, é mió dizê!... Repita bem pr'ele que se a porca torna a passá pra cá outra veiz eu atiço a cachorrada nela.

Enquanto o Martinho partia mal se aguentando com os arrancos da porca, Silvina inda falava ao marido:

— Nhô Resende, quem sabe se é mió não mandá dizê nada. Felipão é home bravo, pode zangá...

— Que zangue! Só fujo de cuisarrúim. Felipão pensa que tem o rei na barriga mas comigo ele tem que se havê! Ora se!...

Felipão vizinhava com nhô Resende iam fazer quatro anos. Desde que para ali viera não havia mais sossego na vizinhança. Quebrara o dúlcido encanto do ramerrão. Cabra facinoroso, avelhentado já, embora ostentasse todo o vigor duma juventude sempiterna, a barbicha rala e grisalha a espetar para frente como esporão de galera, justificava tão somente pela altura o aumentativo que lhe realçava o nome. Não se sabia muito bem como lhe tinham vindo a pertencer os miúdos alqueires do defunto Joaquim Esteves mas largos incômodos trazia já tal parceiro para se lhe indagar o porquê da falcatrua. Só, eternamente com a pica-pau nos dedos e o cigarro luzindo no sardônico risinho, como último fauno sobrevivente nos sombrais da América nem mulatinha ou preta ou branca por ali vivia que não se sentisse violentada por seus olhares desejosos.

Na aparência Felipão criava porcos. E na vara brilhava com real destaque sobrepujando facilmente em beleza todas as melhores crias dos vizinhos a porca malhada tão amiga de avencas e begônias alheias. Talvez cônscia dos seus singulares dotes de perfeição outorgara-se ela o direito de passear por domínios estranhos, de por lá amesendar-se e vizinho não havia a que não amargasse e não fosse pessoalmente fazer as cócegas da inveja. Felipão revia-se orgulhosamente na porca não por certo em dotes de beleza mas no desrespeito à propriedade alheia. Reputava de nenhuma importância matar caça nos banhados de outrem ou usar-lhe dos caminhos sem licença e nhô Resende o mais destorcido dos fazendeiros da comarca ansiava por se ver livre de tão nojenta companhia.

Os meninos voltaram dizendo que Felipão os tinha xingado duma porção de nomes feios.

— Pois que xingue! que xingue! Mas se a porca dele passá pra cá, já sabe...

Quinze dias depois, sereno de ânimo, nhô Resende jantava quando viu a endiabrada porca devorando abóboras no pomar.

— Qual o quê! isso não tem jeito não!

Seguido pelos rogos da Silvina, que lhe suplicava deixasse a porca em paz agarrou da espingarda desceu ao quintal chegou-se para a porca. Esta olhou-o mansamente com ares de quem vê ninguém ao pé de si e recomeçou o banquete. Silvina entreassustada pedia ainda misericórdia. As crianças divertidas assistiam das janelas à execução.

Nhô Resende chegando a boca da espingarda junto ao rabinho da porca desfechou. Enquanto este em arrancos de lombriga decepada rolava no chão a malhada desaparecia num voo.

E o fazendeiro desfechou o segundo tiro no ar para que o estrondo reboando nas socavas a espavorisse ainda mais.

As crianças às gargalhadas disputavam-se o rabinho. A própria Silvina não deixou de sorrir ao inesperado da lição.

— Taí, porca do inferno, agora vamo vê se tu vem comê abobra outra veiz!

No dia seguinte com o brotar da aurora nhô Resende lavava o rosto na sala de jantar quando aos "Papai, Felipão taí" da criançada ouviu um tossido de aviso no terreiro.

— Bom dia Felipão.

— Nhô Resende, vim buscá minha porca.

— Que porca essa!

— A maiada. Eu sei que ela onte veio pr'estes lado.

— Mas ela não tá aqui!

— Oia, nhô Resende, é mió mecê não se fazê de desentendido. Me dê minha porca que vou s'imbora muito calado. Noutros causo...

— Noutros causo o quê, Felipão? Já disse que sua porca não tá aqui.

— Mecê se arrepende...

— Ora não me amole! Sua porca não tá aqui disse e arrepito. Onte ela andou no pomá comendo abobra. Então dei um tiro no rabicho dela e outro pro á. Só pra assustá.

Mas Felipão partia abanando a cabeça:

— Tá bom. Mecê vai se arrependê.

Um meio susto assombrou a fazenda nesse dia. O próprio nhô Resende não sabia senão praguejar. Achou duro o feijão, o milho não apendoava, os filhos... cada tamanhão! é só comê, comê... Trabaiá mesmo!... como se o mais velho deles não contasse apenas doze anos. Foi preciso que outra madrugada surgisse com o coral das alegrias, radiosa, para que a má impressão surdinasse um pouco.

Nesse dia quando ao verãozinho da tarde imóvel nhô Resende chegava da invernada encontrou a mulher na porta.

— Uai! Mecê não levou o Martinho!

— Eu não, Sirvina. Então havia de levá um crila de sete anos, pra quê!

— Pois ele desapareceu.

— Que tu tá falando aí, Sirvina? Deixe de história! Há-de está por aí mesmo.

— Já cansei de percurá, não dá ar de si. Mandei vê ele na casa do compadre, mandaram dizê que ele lá não apareceu.

As crianças espantadas grudavam-se umas às outras contemplando o pai.

— Ora sabe que mais? vamos jantá! Quando Martinho senti fome aparece.

Entrou barulhento na sala. E o jantar arrastou lúgubre. As palavras de nhô Resende não tinham ecoado em nenhum coração. Nem no dele. Ninguém pensara nada mas todos sabiam muito bem que Martinho não banzava a tais horas, nem se perdera. Um estremeção de medo combalia aquele pugilo de corações palpitantes de rude amor.

Empurrando de repente o prato em meio nhô Resende levantou-se. Se os lábios lhe tinham desaparecido dentro da boca numa expressão voluntariosa de energia, os olhos alargavam-se retos de perplexidade e terror. Pôs o chapéu. Foi buscar a égua. Silvina muito baixo:

— Mecê vai lá?

— Vou.

— Quem sabe se é mió levá o Belarmino.

— Não perciso que ninguém me amostre a estrada.

Pouco a pouco saltitante ao trote curto sua figura diminuiu, diminuiu até esconder-se por detrás dos pinheiros ao longe. Os pinheiros de braços alarmados.

— Boas-tardes. Ocê tá com o Martinho aí, Felipão, e vim buscá meu fio. Já falei dez veiz que não tou com a sua porca!

— Que historiada é essa de Martinho!... Não tenho ninguém comigo! Mecê pode entrá na casa se quisé, corrê tudo que não acha senão porco.

— Felipão, dexe dessas brincadera que ocê tá ferindo um

sentimento de dentro de meu coração! Me diga onde escondeu Martinho e eu não faço nada!

— Ora dá-se, nhô Resende! e minha porca!

— Já te disse que não tou co'a porca, Felipão! Não me faça perdê a cabeça!

— Mecê pode perdê quantas cabeça quisé! Martinho não tá aqui! Também ando percurando a maiada e inda não achei! Sabe que mais? Mecê ache minha porca que eu acho Martinho. E deixe-se de muita corage que pra forte eu sou mais forte que mecê e também sei usá meus tiro...

— Felipão, tu tá me fazendo perdê a carma!...

— Quem sabe se mecê não qué me matá!... Daí é que eu quero vê quem acha Martinho!

A lua temporã presenciava a disputa. Nhô Resende desconhecia-se tomado pela primeira irresolução que jamais o perturbara. Pediu ameaçou. Implorou. Felipão queria a porca.

E foi, olhos esgazeados fragílimo impotente ao defrontar aquela proposta de troca que nhô Resende deixou a égua reconduzi-lo à fazenda.

Já noite. Tremeluzem as estrelas. O curiango. Cantochão das rãs. O luar andejo arranhando-se nas árvores põe malhas de sombra na estrada. O fazendeiro julga distinguir a cada instante junto às patas dianteiras da cavalgadura a porca do Felipão.

Em casa a notícia levantou choro e lamentações que ultrajavam a placidez benigna do noturno. Nhô Zé Fernandes padrinho dos nove filhos de nhô Resende, ali aparecido para o cavaco, era o único a conservar algum critério na família. Nhô Resende, o pobre! idiotizado não chorava não dizia nada incapaz de mover palha.

O compadre é que dispôs as coisas. No dia seguinte todos partiriam em procura de porca e de Martinho enquanto ele dava já um pulo até a cidade para ver se o delegado mandava prender Felipão. Depois: "era só obrigá ele a confessá". Partiu.

Felipão deixou-se prender sem luta mas recusou-se a apontar o esconderijo de Martinho. Devassaram-lhe o domínio palmo a palmo desentulhando valos esmiuçando grotas: nada. O delegado bacharelíssimo depois dos interrogatórios via-se manietado pela indecisão. A cada nova instância junto do facínora este pedia a porca. Um cabo letrado indicava a tortura.

No tragicômico do caso deu nota comovente a Silvina vindo lançar-se aos pés de Felipão. Este pareceu sensibilizar-se. Depois pediu a porca. Nhô Resende ofereceu-lhe suas porcas, toda a criação. Por fim acenou-lhe à cobiça com dez contos. Felipão pediu a porca. Não era ambição que o mantinha era birra. Dessem-lhe a maiada e contaria o paradeiro do Martinho. Todo mundo das fazendas, da cidade procurava Martinho ou porca. Passavam-se as horas. Que aflição! O menino devia ter fome. Teria sede... Choraria de medo... Qual! ninguém acha mais!... Também dr. Vieira não faz nada! Fosse comigo, havia de ver se Felipão contava ou não!...

Afinal, depois de porfiada devassa no arredor, já pela tarde, um dos agregados de nhô Resende voltou com o cadáver inda quente da porca. Fora encontrá-la expirante a debater-se num lodaçal.

Felipão contemplou silencioso o cadáver da porca. Duas lágrimas bem choradas entraram-lhe na coivara da barba. Depois olhando com raiva a Silvina, derrubou dos dentes:

— Desgraçados! Agora é que eu não conto!

O delegado temendo à chegada de nhô Resende uma agressão ao preso, recolheu-o incomunicável à prisão. Fê-lo guardar pelos soldados. Felipão pertencia à sociedade e não à família de nhô Resende. A Justiça se encarregaria de fazer justiça.

E aos gritos da Silvina, às súplicas de nhô Resende, às instâncias da justiça Felipão gritava fechado:

— Não conto taí! Ocês mataram minha porca, pois agora é que eu não conto!...

Vidrilhar de estrelas já. É a longa noite de Catulo, cheia de imagens, de perfumes, de tragédias. Que luar, oh gente, o do sertão!... Na testa livre das baixadas ondula a mantilha de prata das águas. A Ribeira tem curvas gentis. Duas léguas abaixo da fazenda de nhô Resende caracola que nem potro novo. Há mesmo o trecho em que se espraia mais larga e esquece a viagem, brincalhona, sobre as pedras. Na outra margem no escuro pouco denso da mata há uma pequena furna. Essa pedra fecha-lhe a entrada. Lá dentro sobre o chão verde liso está Martinho adormecido. Relaxa-lhe a expressão aterrorizada do rosto o sorriso cheio de sonho. Ao lado da bilha um último pedaço de pão a esfarinhar-se. Ratos.

O caipira e a modernidade

Nascido na metrópole paulistana, Mário de Andrade testemunhou todo o processo de crescimento da cidade e sua transformação, nas primeiras décadas do século XX, graças ao café e à indústria, em poderoso símbolo do progresso, ao qual se opunham drasticamente o atraso caipira e o velho mundo rural.

O escritor foi um dos líderes do movimento vanguardista lançado com escândalo em 1922 — o mesmo ano em que publicou *Pauliceia desvairada*, o primeiro livro brasileiro de poesia moderna. A exemplo dos escritores românticos do século XIX, Mário de Andrade também se dedicou à construção de uma língua brasileira que, a seu ver, deveria sintetizar as falas de todas as regiões do país. Para escapar da sintaxe lusíada, os modernistas acolheram a "língua errada do povo". Em carta de 1925 a Carlos Drummond de Andrade, o escritor paulista afirma: "Não estou cultivando exotismos e curiosidades de linguajar caipira. Não. É possível que por enquanto eu erre muito e perca em firmeza e clareza e rapidez de expressão. Tudo isso é natural. Estou num país novo e na escureza completa duma noite".

O conto "Caso pançudo", escrito em 1918, faz parte do livro *Primeiro andar*, da fase pré-modernista de Mário de Andrade. Nesse período de aprendizado — embora ainda praticasse, conforme ele mesmo disse, "muita literatice muita frase enfeitada" —, já é possível notar como o escritor já dava os primeiros passos em sua busca de renovação da literatura brasileira. Publicado tardiamente em 1926, o livro tem composição híbrida. Histórias urbanas alternam-se com narrativas de ambientação rural — espécie de tributo pago pelo autor à literatura regionalista que tanta repercussão havia obtido na época.

Em sua incursão pelo gênero, Mário de Andrade teve que enfrentar os problemas comuns a todos que o praticavam. Seus contos sertanejos não ficaram livres de defeitos como o exotismo e o artificialismo, recorrentes na literatura regionalista. Salta aos olhos, por exemplo, a distância que o narrador culto mantém em relação aos personagens. Enquanto os diálogos são apresentados num arremedo de dialeto caipira, os trechos narrativos e descritivos trazem a marca do academicismo, tanto nas frases e imagens rebuscadas quanto no vocabulário às vezes preciosista, como na frase "um estremeção de medo combalia aquele pugilo de corações palpitantes de rude amor". Por outro lado, o conto surpreende pelo uso de recursos estilísticos ousados. São frequentes a parataxe (justaposição de palavras e frases) e a ausência de pontuação, procedimentos geralmente associados à estética das vanguardas, que pregavam o simultaneísmo e as "palavras em liberdade".

O tragicômico "Caso pançudo" é a história de uma disputa violenta entre dois fazendeiros vizinhos — duelo escabroso que termina irresolvido, mesmo após a intervenção da lei. O conto mostra o desequilíbrio a que se expõe a vida pacata da roça, feita de bem-estar e aqui também de lucro (embora se mantenha longe da economia do café), a partir do momento em que sofre a invasão externa. Os alienígenas são representados por Felipão, de origem incerta, e sua "belíssima porca", na qual o fazendeiro nhô Resende "regalava beatificamente os olhos". A invasão é fraudulenta, mas também seduz — a exemplo do que fazem a cidade e a modernidade, podemos acrescentar. Essa intromissão de agentes de fora, desestabilizando o mundo fechado da cultura caipira e do patriarcalismo rural, é um tema que se repete, como vimos, em outras histórias desta antologia.

Esse mundo que tende a desaparecer é visto com melancolia pelo narrador, como mostra a alusão final ao clássico de Catulo da Paixão Cearense, hino sertanejo composto em 1908: "Que luar, oh gente, o do sertão!". Outra referência importante está na dedicatória. Pio Lourenço Corrêa era um fazendeiro de Araraquara, grande amigo do pai de Mário de Andrade, em cuja fazenda ele passava férias e com quem aprendeu muito sobre o folclore e a natureza paulistas. Segundo o escritor, o caipira era mais brasileiro que o habitante da capital, que se comprazia em falar francês, tocar Chopin e trafegar em bondes. Mário queria ser moderno de outra maneira. Seu esforço, nas palavras dos professores Paulo e Otília Arantes, consistiu em procurar "ser 'moderno' o suficiente para não se acanhar mais de ser também 'caipira'".

João Alphonsus de Guimaraens nasceu em 1901 em Conceição do Mato Dentro (MG). Fez seus primeiros estudos em Mariana (MG) e, aos 17 anos, passou a residir na capital mineira, onde se formou em Direito. Foi promotor de Justiça e Procurador Geral do Estado. Morreu em Belo Horizonte, em 1944.

Principais obras: *Galinha cega* (1931); *Totônio Pacheco* (1934); *Rola-Moça* (1938); *Pesca da Baleia* (1942); *Eis a noite!* (1943).

Mansinho
João Alphonsus

— Padre Manuel Carlos! Padre Manuel Carlos!

Ainda não eram seis horas e a névoa cobria todo o arraial, amaciando os ruídos matutinos, vozes de crianças nas ruas, gritos de criações nos terreiros. O chamado era estridente e assustado. O vigário, velho, tardo, pesado, surgiu à janela da pequenina casa paroquial.

— O burro morreu, meu padrinho. Deve ser picada de cobra.

— Hein?

— Encontrei o burro morto lá no pasto. Estendido no capim, mortinho... Deve ser picada de cobra.

— Hein?

Não era a surdez que fazia o vigário repetir tantas vezes a interjeição para o rapazinho preto parado junto à cerca: era a comoção da notícia da morte de Mansinho, o seu burro. Houve um momento de suspensão de toda a vida entre o pretinho campeiro e o padre que, afinal, deixou a janela, saiu pela porta, atravessou o jardinzinho cheio de hortênsias e disse secamente ao ganhar a cancela da moradia:

— Vamos até lá.

— O senhor não está acreditando?

— Vamos até lá.

— Mas é longe, meu padrinho...

— Vamos!

O rapazinho não teve outro remédio senão acompanhá-lo silenciosamente, nas passadas que principiaram rápidas mas logo se foram tornando lentas, à proporção que venciam a distância e a altura. Acompanhando-o, verdadeiramente se espantava do semblante doloroso do vigário, o que também não se explicaria apenas pelo esforço que aquela arrancada devia estar exigindo de seu velho e vasto corpo de sessenta e um anos de idade. O rapazinho campeador não compreendia, sobretudo, o sacrifício daquela caminhada. Se o animal tinha morrido, que é que ele ia fazer lá? Era deixá-lo para os urubus lá mesmo. Para que andar tanto? O semblante do padre Manuel Carlos vedava qualquer pergunta ou qualquer observação a respeito: era segui-lo, e bem calado. Já tinham andado durante mais de meia hora, o rosto do padre se inundava de suor com a expressão invariável de mágoa, e ainda teriam que andar muito naquele passo.

O burro se chamava Mansinho e já havia nove anos que lhe servia nas viagens, para missas nas capelas dos lugarejos da freguesia, para levar os sacramentos longe, para socorrer espiritualmente os moribundos. Não um burrico bíblico; mas alto, vigoroso, ainda não alquebrado pela idade. Seguia os caminhos difíceis das serras pedregosas ou dos vales alagadiços a um simples toque de rédeas, sem nunca ser preciso usar a tala. Era forte e manso. Mansinho, diminutivo que não vinha do seu corpo, mas da sua tranquilidade perfeita. E inteligente, compreensivo, quase humano... Mas, muitíssimas vezes, padre Manuel já tinha tido a tentação de lhe dar integralmente esse último qualificativo. Parecia um pecado mas chegava a se perguntar intimamente se dentro daquela alimária haveria uma *alma*. Nos momentos dessa interrogação irreligiosa, verdadeira tentação diabólica a lhe deformar a sua noção teológica de alma, afastava energicamente tais pensamentos, e às vezes tinha que se afastar do burro para se desembaraçar da onda de ternura em que se via envolvido para com aquele amigo dedicado e resignado. Isso acontecia comumente depois de longas e pacientes caminhadas, quando olhava o moleque desarrear o animal cansado, raspar-lhe o pelo suarento, dar-lhe milho no embornal, e os olhos do asinino o fitavam gratos e compassivos, a ele padre que acabava de lhe explorar as forças através de caminhos longos, duros, acidentados! Havia uma luz de consciência no fundo daqueles olhos? Não havia coisa alguma! gritava no seu íntimo a reação contra essa fraqueza, e o vigário se afastava; ou pelo contrário, se o pretinho já havia acabado de tratar do burro, tangia-o para longe a taladas irritadas, de que logo se arrependia...

Amigo dedicado e resignado: isto o padre sentia e proclamava livremente, sem ofender a Deus com aquele sentimento recíproco de estima entre o animal racional e o irracional. Fora mesmo a resignação do quadrúpede que gerara a estima logo nos primeiros dias em que o montava. Escorregando numa estrada íngreme e lamacenta, Mansinho fraturara uma das patas dianteiras num caldeirão formado pelas enxurradas. Padre Manuel Carlos fizera o resto do caminho a pé, puxando-o pelo cabresto, sofrendo de vê-lo suster-se mal nas outras três patas, durante o percurso por atalhos que nunca antes lhe pareceram tão ásperos e dificultosos. Um curandeiro veterinário, ou curador como se dizia por ali, viera a chamado do vigário, embora repugnassem a este as suas artes endemoninhadas, tanto que teve que protestar com toda a sua indignação evangélica contra as preliminares da cura, que consistiam na benzedura da pata. O velho mirrado, de voz mole e pigarrenta, deixara entender que a benzedura era uma espécie de anestesia regional e que, não fazendo, teriam — e tiveram — que amarrar bem o paciente, peá-lo violentamente, imobilizá-lo estendido no chão. Quando o curador, depois de distender a pata do paciente, procurava ajustar brutalmente os ossos retificando a linha da canela, padre Manuel Carlos, só ele, dera toda a sua atenção ao som que saía de entre os dentes cerrados da vítima imbele, tal-qualmente ao que o asno produzia no esforço de uma subida muito forte; — som que se foi repetindo dolorido, tentativa teimosa de um gemido incapaz de se formar, mas que se mostrou melhor pelos olhos de súbito molhados: lágrimas!...

Tratamento demorado, marcado de resignação, durante o qual o sacerdote ainda tivera que suportar a bazófia do homenzinho que atribuía a demora à proibição de rezas adequadas; até que o burro ficara curado, apenas com um ligeiro desvio na pata atingida.

Nunca mais obrigara Mansinho a trotar depressa, nem tal seria necessário. As viagens do pastor de almas eram sempre feitas a passos lentos da montaria. Porém muitas noites, sendo o padre chamado para dar a Extrema-Unção a um moribundo, Mansinho parecia compreendê-lo e acelerava a marcha varando a sombra noturna. Chegavam depressa aos quadros da morte que cortavam o coração do padre, na região humilde e pobre, entre a gente paupérrima que fazia questão de morrer de noite como por pudor, como para ocultar o exagero apoteótico de miséria dos últimos instantes, nas palhoças infectas. Padre Manuel Carlos não era exclusivamente o médico das almas como muitos outros: assistia o moribundo e sempre deixava com a família um pouco do seu dinheiro. Se se tratava de um agonizante malcasado, só no civil, ou simplesmente ajuntado, o padre fazia um casamento de última hora perante o Deus da agonia. E se chegava tarde para casar um moribundo amancebado, nem por isso deixava de socorrer com um pouquinho de dinheiro à companheira enviuvada e aos filhos espúrios, certo de que naquele momento Deus já estaria perdoando todos os pecados do que morrera.

O pouco dinheiro que podia distribuir não o livrava de voltar para casa de alma alanceada pelo que vinha de presenciar. Apeava na cancela e antes que o preto viesse desarrear o animal, padre Manuel ficava parado e apoiado ao amigo, como incapaz de se suster sozinho.

— Quanta miséria no mundo, hein, Mansinho!

Sentia na sombra da noite ou à claridade do céu quando estrelados, os olhos compreensivos do amigo burro que voltava a cabeça ao escutar o seu nome. Era a única criatura a que fazia tal confidência, empregando todas as forças na sua missão para com os homens, que era animá-los, socorrê-los com incentivos, prepará-los para a vida eterna, fazendo-os aceitar os sofrimentos como provações impostas por Deus no caminho do céu, evitando sempre mostrar-lhes aqueles instantes do seu desmantelo moral diante de irremediáveis indigências materiais do mundo.

O animal estava hirto e teso no chão junto a um cupim, com o pelo rosilho eriçado, o focinho voltado para a vereda aberta no capim, por onde eles chegavam, os olhos voltados para a vereda como esperando que o padre viesse vê-lo; mas vítreos, inexpressivos, terrivelmente dilatados.

— Fecha os olhos dele.

O moleque hesitou uns segundos, diante de tanta esquisitice: pondo-se de cócoras, puxou com os dedos em pinça as pálpebras por sobre as pupilas negras; porém as pálpebras se encolhiam elasticamente quando os dedos as deixavam; olhou o vigário, esperando que este estivesse acompanhando o seu esforço obediente e verificando assim a impossibilidade de cumprir a ordem. Entretanto padre Manuel Carlos, passeando o olhar pelo morto, apenas disse:

— Vamos enterrar ele... Aqui mesmo. Vai na roça do Chico

Antônio e chama uns homens com as enxadas. Ah, eles não estão trabalhando hoje... Vai na fazenda do Chico Antônio e pede uns camaradas com as enxadas. Pode explicar pra que que é. E vai depressa!

O negrinho saiu correndo. E quando voltou, depois de mais de uma hora, com seis enxadeiros comandados pelo próprio Chico Antônio, dono da fazenda de Água Limpa, ainda estava o vigário junto ao asno morto, debaixo do sol já avançado.

— Bom dia, seu vigário.

— Bênção.

— Bênção, meu padrinho.

— Bênção...

— Deus abençoe a todos.

— Deve ser picada de cobra, disse o fazendeiro, homem amarelo e quarentão, arrevesado e implicante, que talvez tivesse vindo só para constatar pessoalmente aquela esquisitice, pois com mal fingido interesse verrumava com os olhos a cara do sacerdote. A gente pode procurar o lugar da picada.

Padre Manuel fez um gesto negativo, — de que não lhe interessava a causa da morte. E acrescentou secamente:

— Só quero que o enterrem.

Abriram a cova larga e funda, trabalho moroso, pois dispunham só das enxadas para cortar e retirar a terra. O fazendeiro, à medida que o buraco ia adquirindo a forma retangular, sentia uma repugnância estranha em ter que enterrar um burro numa cova igual à dos homens. E murmurava baixinho a seus camaradas, com um sorriso meio escondido, que teria sido melhor mandar chamar o Deco, coveiro do arraial, — ao mesmo tempo ele próprio ia dando enxadadas nas bordas para destruir aquela forma regular de sepultura. O padre não dizia nada, passeando alheiamente de cá para lá, entre o cupim e o morto, debaixo do sol alto, e enxugando de vez em quando o suor do rosto.

— Pronto, padre Manuel.

Ele aproximou-se e ordenou com um gesto que arrastassem Mansinho. Quatro homens o agarraram, pela cabeça, pelas patas, pelo rabo, atirando-o lá no fundo. O rosto do sacerdote estava mais suarento e mais pálido, à opressão de um combate íntimo de que os circunstantes ignaros jamais desconfiariam. Seria mesmo uma impulsão do demônio? Ou de Deus, de um Deus de todas as criaturas, de todas as almas, mais racionais, menos racionais, igualmente dignas de dó e de misericórdia? Pegando de uma enxada, o padre atirou na cova a primeira pá de terra, que tombou sobre o ventre inchado com o mesmo ruído surdo que faz sobre um caixão de defunto. Dentro de um zumbido de tonteira, soavam-lhe na cabeça as palavras que não queria pronunciar: — *Requiem aeternum dona ei, Domine, et lux perpetua luceat ei*... Liberto da opressão, mas extenuado, entreparou à beira do buraco, enxada em punho, e percebendo que os roceiros o espiavam interditos e curiosos, gritou-lhes asperamente:

— Quem é que estão esperando? Andem com isso!

A terra começou a cair sobre o corpo e o velho se afastou dizendo para o fazendeiro:

— O senhor manda lá em casa receber a paga do serviço.

— Ora, eu lá vou cobrar isto do senhor, padre Manuel?

Quando o velho se afastou sem se despedir nem lhes agradecer, o fazendeiro acrescentou:

— Caduquice. Caduquice da boa.

Ao passo que a terra era rapidamente atirada sobre Mansinho, padre Manuel Carlos ia andando devagar acompanhado pelo moleque. Devagar, castigado agora pelo sol a pino, na direção do arraial, cuja igrejinha já enxergava no alto, de légua e meia de distância. Teriam que descer muito, atravessar o córrego, tornar a subir, descer, subir... Devagar, porém mais leve e mais seguro. Quando chegou à margem do córrego, bebeu nas mãos numerosos goles d'água, e atravessou a pinguela de uma tábua sem corrimão, começando a subir de novo. No ar luminoso vibraram as badaladas de um sino, do sino grande de sua igrejinha. Era o sacristão que tocava meio-dia. Meio-dia... e ele se esquecera de dizer missa! Se esquecera pela primeira vez em toda a sua vida de padre. O sentimento da culpa enorme invadiu a sua alma e sangrou o seu coração engambelado pela tentação diabólica. Caiu de joelhos, curvando-se, confundindo-se com o pó:

— Perdão, meu Jesus! Perdão, meu Deus de misericórdia! Perdão, gloriosa Sant'Ana!

Durante mais de três meses padre Manuel Carlos experimentara exercer o sacerdócio sem o auxílio da montaria. Os fiéis abastados, residentes longe, já se haviam amoldado à situação, e quando careciam de seus cuidados espirituais, mandavam-lhe um animal para se locomover a cavalo. No entanto sua freguesia era grande e paupérrima: poucos podiam lhe facilitar a locomoção. Havia muitos lugarejos espalhados pelas distâncias, com capelas aonde antes ele ia dizer missa de longe em longe, oportunidade para celebrar matrimônios, para provocar o casamento dos malcasados, para batizar tantos meninos. Os casais estariam se juntando simplesmente, por falta de padre; os malcasados continuavam assim; os meninos estavam pagãos, e como morriam muitos, eram tantas pequenas almas para o Limbo... Dentro de um espaço de duas, de três léguas, a fim de socorrer um moribundo, ainda tentava ir a pé, para sofrer a decepção de quase sempre chegar tarde. Morria-se sem confissão, sem os santos óleos!

Deliberou então amealhar dinheiro para adquirir um novo burro. E com cinco meses de economia tinha oitenta e cinco mil réis, quantia ridícula para quem precisava de uma alimária grande e resistente, capaz de conduzir o seu vasto corpo e de vencer assim longas distâncias. Buscava sempre se informar sobre quem pudesse ou quisesse vender um cavalo ou um burro, de preferência este, mais duro e pacato. Chegou-lhe um dia a notícia de que o mesmo fazendeiro Chico Antônio declarara que venderia por qualquer preço o burro que tinha para seu uso pessoal, novo e vigoroso, de pelo queimado e uma estrela preta na testa, animal em que o padre já o vira montado a fazer visagens dominicais no arraial: vendê-lo-ia por qualquer preço porque Estrelado dera para empacar, talvez num capricho de excesso de trato; e como o fazendeiro houvesse tentado desempacá-lo a esporadas irritadas e taladas na cabeça, o burro atirara-o no chão com um pulo inesperado de revés... Padre Manuel Carlos soube de tudo isso e despachou o moleque com um recado: — se Chico Antônio aceitasse noventa mil réis, podia mandar o Estrelado. O fazendeiro soltou uma risada:

— O caduco está querendo virar peão, gente!

Rindo, ele, a mulher, os filhos, as filhas, os empregados da Água Limpa, Chico Antônio mandou selar uma besta, cavalgou-a e arrancou logo para o arraial levando Estrelado pelo cabresto. O vigário veio para a cancela recebê-lo com um coração de menino pulando no peito.

— Aqui está o burro, padre Manuel. Falei que vendia mas só por falar, na hora da raiva; mas pro senhor sustento a palavra... O senhor já sabe que ele é empacador? Que não sai do lugar com a gente em cima nem puxado pelo cabresto? Que se a gente mete a espora ele salta? Que nem peão aguenta o salto de lado que ele dá? (O padre ia sacudindo a cabeça afirmativamente: sabia de tudo aquilo.) E quer comprar assim mesmo? Então... uma condição...: O senhor me devolve o burro se não puder com ele?

— Por que é que não hei de poder, seu Chico? perguntou o reverendo com mansuetude.

— Mas... só se ele está com o capeta no corpo e o senhor quer tirar o capeta antes de montar!

Padre Manuel Carlos riu-se com uma segurança inexplicável:

— Não fale em capeta, seu Chico, que o sujo não entra neste negócio, graças a Deus todo-poderoso. Se aceita os noventa mil réis, aqui tem o dinheiro...

A notícia do negócio correu logo o arraial, espalhada pelo próprio vendedor: o velho vigário estava querendo virar peão. Os seus paroquianos se impressionaram com isso, pois na idade do padre uma queda da sela seria a morte... O asno era teimoso e estúpido. Por outro lado, conheciam que a mansidão do pastor de almas podia às vezes se transformar em cólera, como acontecia quando os fiéis se distraíam em namoros e conversinhas durante as cerimônias religiosas, e ele chegava a expulsá-los da igreja com a revolta de Cristo contra os vendilhões do templo, ameaçando-os até de pancadas. O asno era um asno, mas o velho padre podia vir a perder a paciência com ele, esporeá-lo, bater-lhe, — para ser jogado fora da sela! As beatas sobressaltaram-se histericamente e organizaram uma comissão para ir dissuadir o pároco daquela maluquice de sexagenário. Simples e direto, às primeiras palavras da diretora das Filhas de Maria, que lhe apareceram em comissão, padre Manuel Carlos se irritara um pouco e despachara-as para que cuidassem de suas prendas domésticas: pensariam que ele estivesse doido? Permaneceu o ambiente de ansiedade pelos acontecimentos, com os comentários de janela em janela; a dúvida, alguns risos, até algumas apostas; e rezas...

Ao primeiro chamado para preparar uma alma prestes a deixar o corpo (na fazenda do Chico Antônio, como se fosse de propósito), o vigário cavalgou calmamente o Estrelado, atravessou lentamente a localidade, cujas janelas se encheram de caras curiosas, e subiu o morro até quebrar a lombada. Por acatamento ou receio de sua cólera, ninguém ousou segui-lo, aconselhando-se apenas o seu moleque a que o fizesse, às ocultas, de certa distância. Quando o moleque também quebrou a lombada, viu logo o cavaleiro parado mais embaixo. Era certo que o burro estava empacado, recusando-se a seguir viagem, logo no começo desta. Escanchado na sela, padre Manuel Carlos não fazia o menor movimento. O negrinho aproximou-se e observou-o de trás de uma moita: o padre abrira o Breviário e estava lendo-o. Lendo. Rezando. Lendo. Quanto tempo se passou? Talvez horas. O sol percorrera grande espaço do céu. Padre Manuel Carlos lia, mas toda a sua fé ardia numa prece para que Deus fizesse o moribundo esperá-lo. O sol continuava a avançar. E depois de ter por várias vezes procurado mudar a posição das patas para suportar aquele peso e aquela paciência, Estrelado se moveu continuando o caminho... O moleque abalou para o arraial, a contar alegremente o que vira.

E foi assim: uma longa, longuíssima aplicação de paciência. Decorriam meses e o vigário ia e vinha sobre o quadrúpede que fora perigoso. Mesmo dentro das ruas padre Manuel Carlos já tinha sido forçado a rezar o Breviário sobre a sela. Os habitantes passavam e lhe pediam a bênção com um sorriso, sabedores daquela aplicação; alguns paravam, na esperança de presenciarem a vitória da paciência, e acabavam seguindo; outros surgiam e se iam; afinal, os últimos gozavam o triunfo do cavaleiro, mas sem estardalhaço, pelo respeito ao sacerdote: Estrelado resolvia andar. Até à noite, na estrada, o padre lia; fingia que lia, ou com livro aberto repetia de cor as suas orações noturnas, até que a alimária voltasse a caminhar. Com o correr do tempo o problema se foi simplificando. Já quando o burro estacava num lugar, bastava o padre tirar do bolso da batina o livro e abri-lo para convencer Estrelado da inutilidade do empacamento.

No entretanto, durante tantos meses, o vigário jamais pudera deixar de levar consigo o livro, como era do seu dever; nem o abandonava um receio — de que a montaria se irritasse de um momento para outro e desse o famoso salto de revés...

E assim chegou novo dia de Sant'Ana, um ano certo sobre a morte de Mansinho. Tinha sido para o padre ir às festas da Santa, padroeira do povoado do Morro de Sant'Ana, que o pretinho fora campear o burro e o tinha encontrado morto. Os habitantes daquele povoado não desejavam que as festas falhassem como no

ano anterior. Às cinco horas estava um próprio à cancela da casa paroquial, conduzindo um bom cavalo para o vigário. Padre Manuel Carlos tinha despertado com a lembrança daquela manhã, e conturbado, confuso pela recordação daquelas fraquezas passadas. Declarou ao mensageiro que viajaria mesmo no seu burro e lhe entregou a mala com livros e paramentos, mandando-o ir na frente, de um modo peremptório. Quando o moleque surgiu com Estrelado, montou-o ainda turbado, distraído...

— Vamos, Mansinho.

E humilhado ao ouvir com surpresa o murmúrio das próprias palavras, que escapavam de sua boca numa confusão estranha... O amigo dedicado e resignado! Queria ir e não ir até lá...

A névoa cobria o arraial. Começavam os ruídos matutinos. Cinco horas. Atravessou lentamente as ruas. Resolutamente, tocou pelo atalho do morro, vadeou o córrego perto da pinguela, passou a porteira do pasto, penetrou em pleno capinzal rasteiro. Deus lhe perdoaria! Era impossível descobrir o lugar, ainda mais com a névoa baixa... Ocorreu-lhe uma ideia que era uma superstição, um novo pecado: — deixar que Estrelado fosse andando com as rédeas soltas, para que o seu *tino* desse com o local almejado. Porém o burro andou, andou muito, até junto de uma cerca divisória. Padre Manuel Carlos mais uma vez pediu perdão a Deus e puxou suavemente as rédeas para uma direção que lhe pareceu ainda não percorrida. Quanto tempo já teria passado? Cresceu dentro dele uma aflição infinita, a certeza de que estava sendo castigado na sua fraqueza vergonhosa, — de que horas já se haviam escoado e a festa de Sant'Ana não se realizaria. Tal a certeza, a tortura, que nem se atreveu a consultar o relógio. O burro marchava devagar dentro da névoa que se esgarçava. E aquela aflição, forte para atormentá-lo, fraca para fazê-lo sair dali, daquele pecado em que rodava sem rumo como num círculo de suplício diabólico...

— Perdão, meu bom Deus! Se ainda mereço perdão...

Estrelado estacou suavemente, e não de súbito como costumava fazer para empacar. Trêmulo, angustiado, padre Manuel Carlos nem percebeu que ele próprio é que colhera suavemente as rédeas, diante de um montículo, de uma pequenina, humílima elevação que, embora coberta de capim, indicava que ali a terra havia sido antes revolvida e amontoada. Amontoada sobre Mansinho. Não havia dúvida, pois lá perto ainda estava o cupim. Desmontou, agradecendo a bondade de Deus que o orientara depois de tê-lo castigado durante tantas horas. E esteve ali por alguns minutos, fiel à vontade divina, sem ter o pensamento de envilecer uma oração para com a memória do irracional, mas se lembrando de Mansinho, de sua resignação, de seus olhos compassivos...

Antes de montar de novo, teve o gesto que já se lhe tornara habitual: — verificou se o Breviário estava no bolso da batina. Não o encontrou: na sua confusão estranha, tinha-o enviado na mala, com os paramentos... Estrelado já andara demais, durante horas seguidas, e cansado assim empacaria, não podia deixar de fazê-lo. E ele sem um livro para abrir... Um novo castigo para suas fraquezas irremediáveis! Montou e apesar de toda a sua inquietação, disse docemente:

— Vamos, meu amigo.

A alimária começou a caminhar obedientemente na direção da porteira que já se podia ver na névoa esgarçada. A alma de Padre Manuel Carlos exultou de alegria, mas ainda inquieto consultou o relógio: seis horas! A gloriosa Sant'Ana não ficaria sem a sua festa... Atreveu-se a animar com um toque de rédeas o andar do burro, enquanto se curvava um pouco para a frente e batia-lhe com a mão na tábua do pescoço, repetindo:

— Meu amigo.

Estrelado nunca mais empacou.

Um mundo sem pressa

Filho do poeta Alphonsus de Guimaraens, o mineiro João Alphonsus sempre teve forte convívio com as letras e integrou, na década de 1920, as fileiras do movimento modernista. O escritor que já foi chamado de "prosador mineiro do modernismo" começou fazendo poesia de extração simbolista. Mas depois se dedicou exclusivamente à prosa e adquiriu fama como contista, sobretudo a partir da publicação do conto "Galinha cega" na revista *Terra roxa e outras terras*, em 1926. Nos romances (*Totônio Pacheco*, de 1935, e *Rola-Moça*, de 1938), João Alphonsus documentou as transformações que ocorriam na cidade de Belo Horizonte. Nos contos, explorava os mistérios do cotidiano, o sofrimento dos homens simples, dos pobres, dos bichos. Segundo Carlos Drummond de Andrade, João Alphonsus foi o autor de "uma literatura humana, terrivelmente, miudamente, dolorosamente humana". Nas palavras do romancista paraibano José Lins do Rego, "as pequenas coisas, aquilo que era, porém, substância da alma, os incidentes que olhos vulgares não viam, este escritor, de verdadeiro senso de humor, transformava em matéria de conto ou romance que nos abafava pela terna, ou pela maldade, pela dor que continha".

Assim como outros autores desta Antologia, João Alphonsus, na função de advogado, circulou por cidades do interior. Sobrinho de um dos primeiros sertanistas da literatura brasileira, o escritor romântico Bernardo Guimarães, também ele resolveu investir nos casos da vida rural. Para contá-los, não descreveu paisagens nem procurou, como era comum nessa linhagem, imitar ou estilizar a linguagem da roça. De acordo com o historiador Nelson Werneck Sodré, em seu regionalismo desprovido de pitoresco ele buscava suavizar os contornos para alcançar o universal, a "expressão humana que não tem limites de tempo e espaço".

"Mansinho" faz parte do volume *Eis a noite!*, de 1943. É a história do afeto de um pároco da roça pelo burro que, resignadamente, o conduzia nas viagens aos lugarejos da freguesia. Assim como o carroceiro do conto

"Galinha cega", padre Manuel Carlos também é extremoso ao gostar do seu animal de estimação e vai ainda mais longe, sucumbindo à "tentação diabólica" de achar que "dentro daquela alimária haveria uma alma". Está claro que o sacrilégio do vigário traduz a própria mania do escritor de querer atribuir aos bichos psicologias humanas.

A primeira parte do conto é dedicada ao burro Mansinho e ao sofrimento causado por sua morte. Na segunda, vemos o padre às voltas com Estrelado, bicho intratável (ao contrário do bom amigo de antes), que ele, usando de paciência e "psicologia", termina por domesticar. Os animais possuem os traços dos seus donos: Mansinho tem a "mansuetude" do vigário; Estrelado, a rispidez e a implicância do fazendeiro Chico Antônio. Contam-se, pois, duas histórias: a da mansidão do primeiro burro e a do cômico amansamento do segundo por um padre que se revela, afinal, competente "peão" — campeador de bichos e de almas.

A narração fica o tempo todo colada ao ponto de vista do padre, dado sublinhado pela forte presença do discurso indireto livre. O narrador não é um homem rural contando fatos de sua vida ao doutor da cidade — modelo recorrente nas obras regionalistas —, mas o próprio cidadão letrado que reconta as histórias na terceira pessoa, do seu jeito, com sua prosa correta e seu latim. A inexistência do dialeto caipira não decorre apenas de uma opção de linguagem, mas de uma ausência decisiva — a dos sertanejos. Embora o ambiente seja o do sertão, a rotina e a miséria de seus habitantes são aludidas a distância, como se neles importasse mais a mansidão (qualidade maior que um religioso pode amar em seu rebanho) do que os desejos e sofrimentos que ela encobria.

Por influência, talvez, do modernismo, cujo ideário estético mandava evitar o regionalismo, identificando-o como uma limitação, João Alphonsus aproveitou com discrição a matéria rústica. Entretanto, era tão calmo e metódico ao escrever suas histórias (rurais ou urbanas) que parecia mimetizar a pachorra dos narradores caipiras à beira do fogo. E ao falar da cidade, tinha consciência de que ela estava ainda muito ligada ao pequeno mundo da província. "Caboclo João Alphonsus" foi como o chamou o crítico Sérgio Milliet. Um contador de casos miúdos e até banais nos quais, em consonância com o imaginário encantado da roça, havia sempre mistérios por desvendar.

George Gafner / Museu da Imagem e do Som do Estado de Goiás

Bernardo Élis nasceu em 1915, em Corumbá de Goiás (GO). Foi contista, romancista, advogado e professor. Filho do poeta Érico José Curado e de Marieta Fleury Curado, escreveu o primeiro conto aos doze anos, inspirado em *Assombramento*, de Afonso Arinos. Foi o primeiro goiano a entrar para a Academia Brasileira de Letras. Morreu em sua cidade natal, em 1997.

Principais obras: *Ermos e Gerais: contos goianos* (1944); *A terra e as carabinas* (1951); *O Tronco* (1956); *Caminhos e descaminhos* (1965); *Veranico de janeiro* (1966); *Caminhos dos gerais* (1975).

A crueldade
benéfica de
Tambiú
Bernardo Élis

Amaro Leite, fundada pelo bandeirante que lhe deu o nome, era uma povoação cadavérica do então anêmico sertão goiano.

Da cidade de outrora, só restava uma meia dúzia de casas velhas, sujas, arruinadas, tocaiando o tempo, na dobra da serra imensa. E na embriaguez do silêncio purulento de ruínas, relembrava glórias mortas, tropel de bandeiras, lufa-lufa dos escravos minerando nos arredores auríferos.

A tristeza irônica das grandes taperas mostrava o rico fastígio burguês, gordo e fácil daqueles tempos de Brasil curumim.

Isto era Amaro Leite em 1927. Hoje, deram-lhe umas injeções de óleo canforado de progresso. Abriram uma estrada de automóvel que se afunda pelo norte até o médio Tocantins e a velha cidade refloresce com uma pujança agradecida.

Pois bem, aí, em 1927, morava um tipo preguiçoso — o Nequinho — que vivia da difícil profissão de não fazer nada.

De noite, na vendola porca de um cearense bexigoso, tocavam sanfona, viola e, à luz cretina de uma candeia de barro, de três bicos, umas mulheres muito surras dançavam com camaradas fedorentos a suor, enquanto outros jogavam 31 no balcão sebento, úmido do contínuo roçar das mãos.

Nequinho sempre estava presente, quieto, olhando a farra, numa calma franciscana.

De vez em quando filava um golinho de pinga e pronto — recaía na pasmaceira.

Ele era magro, de cara chupada, de um moreno encardido de papel chamuscado. E bem vesgo.

Nisto, chegou para Amaro Leite um soldado bagunceiro.

Com sua farda, seus botões, perneiras etc., fazia um belo efeito dom-juanesco. E com sua garrucha, faca, chanfalho, alfinete etc., um grande efeito bélico.

Brigou logo com muita gente, espancou mulheres, fez o cearense fornecer-lhe gratuitamente duas garrafas de pinga por dia. Tambiú, como se chamava o dito-cujo, tornou-se conhecidíssimo pela sua malinagem.

Certa noite, na venda quase deserta (só havia Nequinho que olhava o cearense extirpar um bicho-de-pé do dedão), Tambiú entrou. Nequinho, que já havia bebido, olhava atentamente a perigosa intervenção cirúrgica, mas o olho torto dele não despregava do soldado.

Tambiú já estava encabulado. Mudou-se de lugar, mexeu-se, tomou uma talagada braba de pinga e o diabo do olho morto, torto, sumindo no canto da órbita, firme nele.

Devia ser assim o olho invisível do Eterno, esse olho terrível a que ninguém escapa. Foi então que, chumbado, Tambiú gritou com o Nequinho que lhe tirasse de riba aquele "zoio de poico":

— Oxém! a mó que nunca viu sordado!

Foi pior. O miserável, amedrontado, procurou desviar mais

ainda a vista, mas o olho torto não largou o famigerado mantenedor da desordem pública. Aí o soldado furioso sacou da garrucha e deu um tiro bem no olho do pobre, que caiu no chão ensanguentado, berrando, com a mão na cara.

O soldado cruel ainda abriu a garrucha, tirou o cartucho deflagrado e saiu facinorosamente despreocupado. O cearense fugiu e só mais tarde é que voltou à venda, pelos fundos, olhando atrás das portas, para resguardar a preciosa pele. Acendeu a candeia que tombara do gancho. Nequinho tinha caído perto do balcão, no meio da cusparada.

Estava sem sentidos, lambuzado de sangue, com o olho dependurado e cheirando levemente a heroísmo passivo de mártir.

A bala botucara na maçã do rosto.

Depois chegaram outras pessoas, cautelosas, trataram mais ou menos do ferido e do fato só ficou um murmúrio temeroso, envolto na cobardia azul da noite, cheia de cintilações de estrelas.

No dia seguinte, fizeram uma coleta, cujo produto foi entregue ao ferido, a fim de que se fosse tratar em Anápolis.

Entretanto, o chefe político local possuía o monopólio exclusivo desses atos de violência e ficou furioso com a concorrência do soldado. Mandou imediatamente dois cabras atrás dele. Mas "sordado véiu num se aperta" — Tambiú era um que já estava muito "seu bão dele" noutro lugar.

Tambiú era cangaceiro do sertão da Paraíba. Cansado, porém, de matar e roubar ali, afundou-se nos rumos de Goiás, pelo luxo exclusivo de mudar de ares.

Viajava de a pé, com mais dez companheiros, armados até a alma, comendo paçoca de carne-seca com rapadura.

Para dormir, forrava o chão com um courinho de bode que trazia às costas, cobrindo a mochila da tralha. Desse jeito ele foi esbarrar em Baliza — garimpo diamantífero do alto Araguaia.

Ali, andou aliviando os bolsos de capangueiros do excesso de diamantes e abriu o pé no mundo, indo esbarrar na velha capital mística, onde assentou praça na gloriosa força pública do estado de Goiás e seguiu para Amaro Leite, como fiscal de eleições, ou coisa semelhante. Lá, aprontou aquela sujeira com o pobre do Nequinho.

Desse lugar, ameaçado de morte, porque o chefe não brincava mesmo, abriu do pala, indo sair num porto do Tocantins.

Queria atravessar o rio, mas queria ligeiro. E intimou o barqueiro, em nome da lei (sempre que falava em lei manobrava o fuzilão) — que parasse a travessia da boiada e o transportasse.

O barqueiro contava também com a condecoração de umas três orelhas arrancadas a outras tantas vítimas e tesou com ele: — Oia, nego duma figa, num garra com empertenença não, que eu num gosto de rolo! — Tambiú envergava o ferocíssimo uniforme e levava o fuzilão "véiu de guerra — bicho bão pra falá verdade".

— Num trevesso ninguém im antes da boiada — sentenciou o barqueiro. — Se ocê quisé, mete o braço, uai! Sabe nadá, num sabe?

Tambiú ficou quieto, encostou o fuzil e começou a picar um taco de fumo. Nesse ínterim, o barqueiro levou mais alguns bois para o outro lado. Quando já vinha de volta, no meio do rio, o soldado pegou a arma com uma volúpia religiosa e fez fogo.

No primeiro tiro, o barqueiro tombou n'água. A canoa ficou balançando à toa no meio da corrente, querendo descer. Tambiú, ágil, tirou a roupa, deixou no corpo nu somente o correão com a faca e pulou n'água pra pegar a canoa.

Mal, porém, se afastou da margem, deu um berro tremendo. Rolos de sangue e tripas se desenovelaram na correnteza.

Ele ainda deu uns coices, uns gritos, uns socos para agarrar a vida e foi-se, pouco a pouco, afundando até sumir-se. Ficou somente a mancha de sangue se desvanecendo no torvelinho.

Neste momento o barqueiro apareceu perto da canoa. Tinha talhadas de sangue coalhado presas à carapinha, e lambia sádico a água ensanguentada que lhe corria faces abaixo. Na mão esquerda — era canhoto, o malvado — estava uma baita lapiana de dois palmos.

O fato fora simples.

Tambiú atirou ao barqueiro. Ele, que tinha o corpo fechado, logo que sentiu a bala passar tinindo nos seus ouvidos, deixou-se tombar no rio e continuou mergulhando para a margem. Entretanto ele sabia que Tambiú queria a barca, e, do fundo d'água, pôde discernir um vulto nadando na superfície, e que procurava a canoa. Não duvidou. Chegou-se por baixo e cravou muitas facadas no ventre e no peito do vulto. Matou assim Tambiú, facínora em pleno exercício de suas funções, e em ótimo estado de saúde.

O barqueiro arrastou a canoa e, enquanto procurava ajuntar a boiada, clamava muito sentido: — Eta disgrama! Eu num podia se moiá. Tô numa catarreira escomungada!

E, transportando a última lotação, conversava com os peões:
— Tadinho dos peixe! Eles faz um lote de dia que num come nem mosquito...

Agora, dez anos depois, fui à Romaria do Muquém, — essa romaria esquecida no sonho maluco do sertão goiano. O maior sucesso da festa era um mágico que arrancava um olho, mostrava-o na mão a várias pessoas e depois o recolocava.

Cobrava 10$000 por entrada.

Quando cheguei à palhoça que ostentava como requinte de luxo um enorme anúncio colorido, ela estava repleta. Repletíssima. Assim por alto, contei umas cem pessoas.

Anunciavam o espetáculo por meio de um funil velho de botar gasolina em chevrolé, tipo ramona, promovido a porta-voz.

O calor assava. Ao terceiro toque de uma enxada, apareceu um homem gordo, branco enfumaçado, de fraque, cartola, monóculo. Fez uma escandalosa mesura e falou num tom choramingas de padre espanhol. "Meus amado irimão, esse número é inteirado de difiço. Eu faço ele no pirigo de ficá cego. Mas é perciso adivirti essa nação de povo que viero rezá pra Nossa Senhora d'Abadia do Muquém e fé nela que num hai de tê nada e meu zoio num zanga."

O mágico, como se intitulava o besta, tirou o fraque, a cartola, as luvas e foi então que me lembrou — era o NEQUINHO. Sim, senhor! O Nequinho em carne e osso.

De volta, vim com o Nequinho para Corumbá, no chevrolé de sua propriedade. Ele tinha pra mais de 30 contos — me contava, enquanto o auto chispava na chapada que o poente tingia de violeta.

Quando lhe referi a morte de Tambiú, quase chorou: — Ora, tão boa pessoa! Vô inté mandá prendê o barqueiro e mandá levantá uma catatumba pro Santo Tambiú. Ora, que pena! — continuava — é tal e qual: gente boa num é de vivê no mato.

O auto resfolegava.

O poente era de ouro agora.

Uma visão inovadora

Bernardo Élis se dizia fortemente influenciado pelo conterrâneo Hugo de Carvalho Ramos. Entretanto, se este ainda pudera escrever um livro com o título *Tropas e boiadas* (1917), na época de Bernardo Élis, com o advento da estrada de ferro e de outros meios de transporte, praticamente não se viam mais tropeiros nos caminhos de Goiás. A passagem de um modo de vida rural, cujo ritmo era figurado pela toada do carro de boi, para um modo de vida influenciado pela modernidade do automóvel é o mote que vemos repetir-se em várias histórias caipiras. No conto "A crueldade benéfica de Tambiú", ele é representado pela própria trajetória burlesca de Nequinho, personagem preguiçoso, vivendo sempre na pasmaceira, que é a encarnação do estereótipo do caipira.

Ermos e gerais, o primeiro livro de Bernardo Élis, chegou às livrarias, com ótima recepção crítica, em 1944 — época em que a literatura brasileira, após duas décadas de triunfo e expansão do modernismo, dava os sinais de mais uma surpreendente renovação com as obras de Clarice Lispector e Guimarães Rosa. Diante das metamorfoses promovidas pelo criador de *Sagarana* (1946), um autor como Bernardo Élis acabaria sendo visto pela crítica apenas como "ponto alto do regionalismo tradicional". Para o crítico Gilberto Mendonça Teles, a obra de Bernardo Élis, movida por intenções fortemente ideológicas, deu continuidade ao neorrealismo da década de 1930, acomodando-se às antigas tradições da prosa de ficção no Brasil. Mas a leitura do volume *Ermos e gerais* revela um universo desconhecido, capturado de forma inovadora. Como notou desde o começo Mário de Andrade, as narrativas têm o poder de sugerir uma realidade particular, para além do *verismo* pretendido pelo autor. Do ponto de vista formal, destaca-se como novidade, no contexto específico da literatura regionalista, a narração velozmente conduzida e de caráter lacunar, em que se apresentam apenas os lances e os detalhes essenciais da história, aspecto ao qual se liga a contenção verbal. No meio do texto, que conta objetivamente o caso, surgem às vezes imagens

insólitas ("cobardia azul da noite", "sonho maluco do sertão goiano"), que não perturbam, porém, o ritmo das frases ou a atenção do leitor. A despeito dos adjetivos e advérbios, a frase soa sempre enxuta, seca, áspera.

Se a fala do narrador não se mistura com o dialeto caipira dos personagens, esse fato não indica preconceito ou tentativa de marcar superioridade, como ocorria no velho regionalismo. A fala rústica ocorre apenas nos diálogos, mas sem o objetivo de ridicularizar os personagens, antes marcando bem o tom gracioso e os achados verbais que lhe são próprios (expediente que seria levado às últimas consequências por Guimarães Rosa). Na verdade, termos e expressões caipiras também afloram no discurso do narrador, mas são usados discretamente, sem simular uma identificação que não poderia existir entre a espontaneidade da fala popular e a linguagem literariamente construída. Por outro lado, a distinção entre os registros culto e popular está de acordo com a visão distanciada que o autor deseja apresentar do mundo rural. À violência e às mazelas do interior goiano, ainda marcado por relações feudais, o narrador dirige um olhar sempre crítico, vigilante e tão perturbador quanto o olho torto do personagem Nequinho — olho que esteve perto de causar sua ruína, mas que ao cabo lhe garantiu o sucesso.

A visão que Bernardo Élis lança sobre o sertão e o sertanejo está longe da idealização que eles obtiveram em toda a história do regionalismo (mesmo na obra de Euclides da Cunha e Guimarães Rosa). Na contramão dessa tendência, usam-se duas estratégias: a fala agressiva, feita para desagradar o leitor, e o humor que, contrariando as expectativas, vem despertar o senso crítico. Ambos os expedientes se juntam nas descrições repulsivas e grotescas, que são abundantes no conto "A crueldade benéfica de Tambiú". As ironias também ocorrem o tempo todo, recaindo não apenas sobre a truculência dos mandões, mas igualmente sobre a astúcia de caipiras como Nequinho. Graças a essa esperteza é que se torna possível converter a crueldade em benefício. Tambiú não mata o preguiçoso homem rural, mas é como se o fizesse. Sua ação truculenta — semelhante à invasão que o mundo rústico sofreu por parte da cidade — termina por retirar Nequinho de sua pasmaceira e mansidão. No desfecho, para o bem ou para o mal, e assim como o sertão renascido, ele reaparece metamorfoseado. Branco, gordo e perfeitamente adaptado à era do automóvel.

Referências Bibliográficas

Fontes dos textos

Escola escamungada...

Pires, Cornélio. "Escola escamungada". In: *Conversas ao pé do fogo*. Edição fac-similar de 1921. São Paulo: Imprensa Oficial, 1987, pp. 89-105.

Pedro Barqueiro

Arinos, Afonso. "Pedro Barqueiro". In: *Pelo sertão*. Rio de Janeiro: Garnier, 1898, pp. 182-199.

O Saci

Ramos, Hugo de Carvalho. "O Saci". In: *Tropas e boiadas*. Rio de Janeiro: Revista dos Tribunaes, 1917, pp. 69-71.

A consulta do Lau

Silveira, Valdomiro. "A consulta do Lau". In: *Lereias: histórias contadas por eles mesmos*. São Paulo: Martins, 1945, pp. 27-34.

Caso pançudo

Andrade, Mário de. "Caso pansudo". In: *Obra imatura*. São Paulo: Martins, 1960, pp. 78-87.

______. "Caso pançudo". In: *Obra imatura*. Rio de Janeiro: Agir, 2009, pp. 109-116.

Mansinho

Alphonsus, João. "Mansinho". In: *Eis a noite!*. São Paulo: Martins, 1943, pp. 20-36.

A crueldade benéfica de Tambiú

Élis, Bernardo. "A crueldade benéfica de Tambiú". In: *Ermos e gerais (contos goianos)*. 2.ª ed. Goiás: Editora Oió, 1959, pp. 121-127.

Bibliografia básica

ARANTES, Paulo Eduardo & ARANTES, Otília Beatriz Fiori. "Moda caipira". In: *Sentido da formação: três estudos sobre Antonio Candido, Gilda de Mello e Souza e Lúcio Costa*. São Paulo: Paz e Terra, 1997.

BOSI, Alfredo. *O pré-modernismo*. São Paulo: Cultrix, 1969.

CANDIDO, Antonio. "Caipiradas". In: *Recortes*. São Paulo: Companhia das Letras, 1993.

______. *Os parceiros do Rio Bonito: estudo sobre o caipira paulista e a transformação dos seus meios de vida*. São Paulo: Duas cidades, 1987.

FREDERICO, Enid Yatsuda. "Introdução". In: SILVEIRA, Valdomiro. *Lereias: histórias contadas por eles mesmos*. São Paulo: Martins Fontes, 2007.

________. "O caipira e os outros". In: BOSI, Alfredo (org.). *Cultura brasileira: temas e situações*. São Paulo: Ática, 2002.

MARCHEZAN, Luiz Gonzaga. "Introdução". In: *Ermos e gerais*. São Paulo: Martins Fontes, 2005.

MARQUES, Ivan. *Cenas de um modernismo de província: Drummond e outros rapazes de Belo Horizonte*. São Paulo: Editora 34, 2011.

OLIVEIRA, Lucia Lippi. "Do *Caipira picando fumo* a Chitãozinho e Xororó, ou da roça ao rodeio". Revista USP n.º 59, set/nov 2003, pp. 232-257.

PEREIRA, Lúcia Miguel. *Prosa de ficção*. Belo Horizonte: Itatiaia/São Paulo: Edusp, 1988.

VICENTINI, Albertina. *A narrativa de Hugo de Carvalho Ramos*. São Paulo: Perspectiva, 1986.

Arquivo pessoal

Ivan Marques é doutor em Literatura Brasileira e professor da Universidade de São Paulo. É autor do livro *Cenas de um modernismo de província* (Editora 34, 2011) e organizador das antologias *O espelho e outros contos machadianos* (Scipione, 2008), *Melhores poemas de Augusto Frederico Schmidt* (Global, 2010) e *Clara dos Anjos e outros contos de Lima Barreto* (Scipione, 2011), entre outras. Foi diretor do programa *Entrelinhas* e editor-chefe do programa *Metrópolis*, ambos da TV Cultura. Na mesma emissora, realizou documentários sobre literatura, como *Versos diversos: a poesia de hoje*, *Orides: a um passo do pássaro* e *Assaré: o sertão da poesia*.

Arquivo pessoal

Carlos Fonseca reside em Belo Horizonte e é formado em Cinema de Animação e Pintura pela Escola de Belas Artes da UFMG. Fez sua estreia no mercado de ilustração em 1995, por meio da oficina "O desenvolvimento do livro de imagens", ministrada pela ilustradora Angela-Lago. A partir daí, trabalhou em diversos projetos para o mercado publicitário e editorial. Atualmente se dedica apenas à ilustração de livros e revistas.